JN102935

DARIA BUNKO

覇王の愛する歌い鳥

葵居ゆゆ

ILLUSTRATION 羽純ハナ

ILLUSTRATION
羽純ハナ

CONTENTS

覇王の愛する歌い鳥 9

あとがき 288

この作品はフィクションです。
実在の人物・団体・事件などに一切関係ありません。

覇王の愛する歌い鳥

顔を上げよ、と静かな声が降ってきても、アルエットは動けなかった。

隣にはアルエットが万が一にも逃げないように捕まえておく役の屈強な男が、前にはアルエットを連れてきた商人が跪《ひざまず》いている。周囲には王への貢物《こうもつ》が、たっぷりと積まれていた。金貨に宝飾品、絹の布に香辛料、酒の入った樽。

アルエットもまた、貢物のひとつだ。上半身は胸元だけを透けるほどうすい布で覆い、下半身は踊り子が身に着けるような、両脇が深く切れ込んだ布を巻いている。布をどければ股間が露出し、すぐに抱けるようになっていた。素足や腕には飾り環《わ》がつけられている。鉄でできた耳飾りと首飾りは重たいほどだ。

重みに負けるようにして、アルエットはいっそう深く俯《うつむ》いた。

できることなら、ハイダル王の顔を見たくない。会わずにすめばよかった、と思うが、アルエットには逃げることも、逆らうこともできないのだ。

命じられたとおりに王を殺すしか、道がない。

(――ユーエ)

祈るように弟を思い浮かべると、横の男が乱暴にこづいてきて、アルエットは躊躇《ためら》いがちに目線を上げた。

白を基調にしたオルニス国王宮の広間は、随所に黒曜《こくよう》の飾りがほどこされ、華美ではないが荘厳《そうごん》な雰囲気だった。数段高くなった場所に玉座が置かれ、そこに座したハイダル王は金の模様の入った深い青の服を纏《まと》っていた。

歳は三十すぎだろうか。座っていても、長身で恵まれた体格だとわかる。豊かな黒髪、肌は明るい褐色、彫りの深い端整な顔立ちは、想像していたよりもずっと品があった。落ち着きと威厳とが、佇《たたず》まいから感じられる。

（……この人が、ハイダル王）

砂漠のふちに位置する地域では、人の姿を絵に残すことは禁忌《きんき》とされている。そのため、黒き覇王と呼ばれて周辺の国々で恐れられているハイダル王も、どんな容貌なのかをアルエットは知らなかった。

短期間で強国へとのしあがったオルニス国を率いる若き王。苛烈《かれつ》で、アルエットたちにとって憎むべき仇《かたき》なのだと聞かされてきたが、アルエットの目には恐ろしい人には映らなかった。むしろもの静かで、穏やかにさえ見える。

ハイダルはアルエットの、目立つ羽耳《はねみみ》に目を留めた。

「鳥人《ちょうじん》──フウル族か」

「はい。ビルカ小国群のほうで歌娼《かしょう》として働いているのを見つけまして、わたくしどもで助けたのでございます」

アルエットの前で膝をついている商人が、流れるように嘘をつく。彼は親方──アルエットとユーエを拾って育てた、あくどい商人であるヤズの仲間だった。

焼け出されて行くあてもなかったのを拾ってくれたことには違いないが、ヤズはけっして優しくも親切でもない。美しい鳥人なら金になるから、と手放さなかったのだ。彼は手下を連れて国々を巡っており、道中では必ずアルエットにも「仕事」をさせていた。酒場で歌をうたい、値をつけた男に身体《からだ》で奉仕する歌娼の仕事だ。拾われてから七年間、休みをもらえたことはない。もちろん、儲けを手にすることはできず、与えてもらえるのは自分と弟のわずかな食事だけだった。

「日頃より我々旅商《りょしょう》を篤《あつ》く保護していただいておりますお礼として、わたくしからハイダル陛下へ贈り物を献上いたしたく、このフウル族もお連れしました。陛下は鳥人がお好きと聞きましたので……ご覧ください。砂漠の宝石と称《たた》えられるフウル族にもめずらしいほど、美しい容姿でございましょう？」

商人は振り返って、アルエットの顎《あご》を掴んだ。伏せがちの顔が上を向くように固定し、太い指で耳の飾り羽を撫でてくる。

「こんなふうに瑠璃《るり》色に鋼《はがね》色、桃色、金色と、鮮やかに色のまじった飾り羽はめったにいないと聞きます。尾羽は桃色だけですが、長くて綺麗です」

「……っ」

服から覗《のぞ》く尾羽まで掴んで持ち上げられ、アルエットはかろうじて声を呑み込んだ。媚薬《びやく》をいつもより多く仕込まれてきたせいで、肌も羽も過敏になっている。あげくに、後ろの孔《あな》には粘汁を入れられ、金属の栓で塞がれていた。

乱暴に掴まれた羽から伝わるのは鋭い痛みだ。いやがりすぎては客が怒るからと、媚薬はよく使われるのだが、感覚が増幅されるだけで、快感が強まったことはなかった。腹の中の異物はごつごつして、ただ気持ちが悪い。

「たしかに美しいな。薄茶の髪のフウル族はほかにも見たことがあるが——目は翠《みどり》か？」

はい、と嬉しげに商人が答えた。

「めったにいない、透きとおるような色をしております。もちろん声も可憐でございますよ。アルエット、一曲陛下にうたって差し上げなさい」

ほら立て、と小声で凄《すご》まれ、アルエットはふらつきながら立ち上がった。いらないと言われないかと期待してハイダルを見つめ、じっと動かない視線にぶつかって諦める。

複雑な気分だった。気に入られなければ困るけれど、気に入られれば、きっと今夜自分は死ぬ。死ぬのはもう怖くないが、人を殺《あや》めるのは恐ろしいし、残される弟のことを思えば、どうしたって心は沈む。

それでも、深く息を吸って胸をひらき、アルエットはうたった。

——むらさきの花が砂漠に咲くころ
　風が恵みを連れてくる
　空からこぼれる贈りもの

朝にうまれて、昼はきんいろ、夕にあかがね
わずかに震えた声が広間の天井へとのぼっていく。甘やかで色気があると、どこの酒場でも人気のアルエットの歌声に、ハイダル王も聞きいるように目を細めた。でも、今日は声の伸びがよくない。沈んだ心も、過敏にさせられた身体も、完璧にうたうにはほど遠い状態なのだ。

アルエットはつらく思いながら、どうにか最後までうたい終えた。

頭を下げて再び膝をつく。ハイダルは「いいだろう」と商人に頷《うなず》いた。

「彼を受け取る。旅商は遠い異国との荷のやりとりには不可欠な存在だ。今後も誠実に仕事に励んでくれ」

「は、ありがとう存じます」

恭《うやうや》しく頭を下げて蔑《さげす》む笑いを隠した商人が、アルエットを置いて立ち上がる。計画どおりアルエットを受け取らせたことで、王を見下しているのだ。すれ違いざま、わかっているだろうな、と小声で言われ、アルエットは首飾りを握りしめた。

首飾りは細い木の葉をいくつも連ねた意匠《いしょう》だ。鉄製で、尖った先端はナイフのように使える。親方のヤズには、この鉄の葉を使ってハイダルを殺せ、と命じられてきた。ヤズが懇意《こんい》にしている「さるお方」が、フウル族の現状に心を痛めていて、アルエットたち鳥人がかつてのような誇りと幸せを取り戻すには、ハイダル王を殺すしかないと決心したから、とのことだった。

「そのお方は正義のために、おまえに仇を討たせてくださると言うんだ。ありがたく思えよ」

アルエットと弟のユーエを床に座らせ、ヤズはふんぞり返ってそう言った。

「故郷を滅ぼした相手だ。おまえだって憎いだろう」

以前、フウル族は美しい湖のほとりに自分たちだけの小さな国を持ち、ひっそりと暮らしていた。西側のバラーキート国と、かつて東側にあったクラーナ国に、愛鳥《あいちょう》と称して人質を差し出して平和を守ってきたのだが、十数年前、南東から勢力をのばしたオルニス国がクラーナ国を吸収し、状況が変わった。オルニスにも愛鳥を差し出すことにしたが、不要だと拒否され、そうして七年前、ハイダル王率いるオルニス軍に攻め入られ、滅ぼされてしまった。

このあたりの国々はほとんどが砂漠に接していて、どの国でも水は宝石に等しい資源だ。フウル族の湖からは川が流れ、近くの国も潤している。そのため、領土を拡大していたオルニス国に狙われたのだそうだ。

それを防ごうとしたのがバラーキート国で、両軍が入り乱れて戦ったフウル族の里は、今はあとかたもなくなってしまっていると聞かされた。その場所で、ハイダル王はフウル族を「飼って」いるのだと親方は言った。

「奴隷や妾《めかけ》にするために飼ってるのさ。わずかな生き残りも辱《はずかし》めるような暴君を、おまえは許しておけるのか?」

おまえの親も殺した男だぞ、とヤズは言い、アルエットの隣でおとなしくしていたユーエの頭を掴んだ。

「おまえがハイダルを殺してくるんだ、アルエット。いやなら弟にやらせる」

そんな、と声を震わせると、ヤズは口答えするなと怒鳴りつけた。

「今まで誰が面倒みてきてやったんだ？　食わせて育てて、稼ぎ方も教えて、今度は仇討ちを手伝ってやるって言ってるんだ。ありがとうございます、だろうが！」

唾を飛ばしてがなり立て、それからヤズはアルエットの羽耳を掴んだ。

「ハイダルは鳥人の声や身体が好きらしい。おまえほどの見目と声なら必ず気に入られる。寝室まで連れていかれたら、しっかり奉仕して油断させろ。どんなに力自慢の暴君だろうと、射精の瞬間は気がゆるむ。そのときを狙って、首飾りで喉を裂けばいい。——弟を、幸せにしてやりたいんだろう？」

おまえがやってくれれば、ユーエはこれからも清らかな身体でいられるぞ、と囁《ささや》かれ、アルエットは愛する弟を見つめた。アルエットによく似た、まだ少しだけ幼さが残る顔が、さびしげな表情を浮かべている。せめて彼だけは普通の幸せを手にできるようにと、七年間、それだけを支えに生きてきた。国も親もなくし、アルエットにはユーエしかいないし、ユーエにとって頼れるのもアルエットだけだから。

わかりました、と頷くと、ヤズは放り出すようにアルエットの羽耳を離した。

「失敗するなよ。殺し損《そこ》ねたら、次はユーエにやらせるからな」

「そんな——！」

「文句あるか？　おまえがちゃんと言われたとおりにすればいいだけだろうが」

睨《にら》まれれば言い返せなかった。アルエットは不安そうなユーエを抱きしめて、悲しい気持ちを押し殺した。――ユーエには、させるわけにはいかない。

（僕が、やるしかないんだ）

周辺国におそれられているとはいえ、一国の王を殺せば、うまくいっても失敗しても、アルエットは処刑される。だからもうユーエには会えないが、王を殺せたことが伝われば、ヤズはあと少し、弟の面倒をみてくれるはずだ。がめつくて乱暴で意地が悪い人だが、アルエットたちを育ててくれたし、アルエットが「自分が働くから、ユーエには客を取らせないで」と頼めば聞き入れてくれた。もっとひどい扱いを受けたフウル族もいることを、アルエットはこの七年で知っていた。

フウル族も獣人の一種だから発情期がある。それが人間の欲をそそるらしく、戦争などで行き場がなくなった獣人は奴隷として売られることが多いのだ。西の山脈の向こうの帝国や、砂漠の反対側に売られないだけでも、自分たちは幸運だった。

ユーエは賢い子だから、ひとりでもきっとうまく生きていけるだろう。だが失敗すれば、自分が死ぬだけでなく、ユーエも身体を売らされ、王を殺せと命じられるのだ。

人を殺すなんてしたくない。父も母も、復讐を望むような人ではなかった。彼らが生きていて、アルエットが王を殺そうとしていると知ったら、悲しい顔をして引きとめるはずだ。

でも、やるしかない。

鉄の葉を握りしめ、心の中で自分に言い聞かせていたアルエットは、いつまで経ってもハイダル王からなにも言われないのに気がついて、そろそろと顔を上げた。

「……！」

玉座にいるとばかり思っていたハイダルは、いつのまにか数歩の距離にいて、こちらを見下ろしていた。ぎくりと強張《こわば》ったアルエットに、かるく首をかしげる。

「顔が少し赤いようだ。汗もかいているな。体調がすぐれないか？」

「いえ、これは……」

媚薬を飲まされたせいだ、とは言えず、アルエットは隠すように頭を下げた。

「偉大な王様の前ですから……、緊張してしまって」

「そう言えと命じられてきたか？　他国に伝わる俺は冷酷苛烈《かれつ》な男らしいからな、怯えるのも無理はないが」

「――そんなことは、」

怒らせたか、と背筋が冷たくなった。しかし、ハイダルは淡々とした態度のまま、「立つといい」と言った。

「部屋に案内する」

はい、と頷いておずおずと立ち上がり、アルエットは困ってしまった。ハイダルは背を向けて歩き出していたが、ほかには誰もいない。そういえばさっきから衛兵もいなかったと思い出し、思わず呼びとめた。

「あの……部屋で、お待ちしていれば陛下がいらしてくださるのですか？　それとも、どなたかが陛下のところまで案内してくださるのでしょうか」

「案内は俺がする」

ハイダルが振り返って手招いた。

「弟が熱を出しているから、侍従《じじゅう》もそっちに行かせている。うちは使用人が少ないんだ」

使用人が少ない？　とアルエットは首をひねった。オルニス国は領土も広く、ハイダルの名は近隣に轟《とどろ》いているのに、王宮に仕える人が少ないなんて信じられない。

怪訝《けげん》な表情を見てとったのか、ハイダルがわずかに笑みを見せた。

「ここは広いが、世話をしてもらわなければならないのは俺と弟の二人だけだ。掃除や雑用、食事のことだけやってもらえばいいのだから、大勢雇う必要はない。それより、市井《しせい》でもっと重要な仕事をして、自分たちの暮らしを築いてもらうほうがいい」

ハイダルは背を向けると再び歩き出した。慌ててついていくと、広間を出て、中庭に面した廊下を進んでいく。小さなアーチをくぐり建物の外に出て、丸い屋根を持つ別の建物に入ると、ハイダルは部屋のひとつを選んでアルエットを中に入れた。

「当面はここがおまえの部屋だ。——そういえば、名を聞いていなかったな」

「アルエットと申します」

きっとここは後宮なのだろう。床は大理石を組みあわせてあり、天井はきらびやかなモザイクで彩られている。寝台は薄布で飾られ、優雅なかたちの長椅子やテーブルなど、ひととおりの家具も揃っていた。

「湯は使うか？　身体を清めたいなら湯室《ゆむろ》に連れていくが」

ハイダルが寝台のそばで振り返り、アルエットはかあっと赤くなった。

「いえ……じ、準備はしてきました」

後ろの孔は粘汁を入れて栓をする前に入念に洗わされた。湯浴《ゆあ》みをしても栓を外すわけにはいかないから、このまま行為に及ぶほうがいい。

「よろしければ、まず口でご奉仕をさせていただきます」

彼の前で跪くと、ハイダルは深くため息をついた。

「やはり、夜伽《よとぎ》をしろと言われてきたんだな。娼婦のような格好もそのためか」

うんざりしたような口調だった。アルエットは不興をかわないよう、すぐにハイダルの服の裾《すそ》に口づけた。

「ハイダル様は商人たちにとっても特別な王ですから、しっかりお仕えするようにと言われてきただけです」

「どうせ、色好みのくせに後宮の人間をすぐに追い出す暴君だとでも言われたんだろう。遊ぶばかりで世継ぎも作らないと、オルニス国民にも言われているくらいだからな」

「いえ……そんな」

アルエットは返事に困って口ごもった。アルエットが知っているハイダルの噂はもっとひどい。精力が強く一度に何人も相手にするくせに、冷淡で情をかけることはない。だから後宮から追放された者は、男にしろ女にしろ、詳しいことはなにも言わないのだそうだ。後宮に召されたはずなのに行方知れずになる者もいて、殺されたに違いないと親方は言っていた。

他国を征服して強大になった武国の覇王であり、傲慢《ごうまん》で人を人とも思わない、残忍な性格なのだと教えられたのを、アルエットは信じていた。まだ子供だったとはいえ、国が滅ぼされたのは七年前だ。忘れるには記憶は鮮明すぎた。

燃える家々。悲鳴、入り乱れる足音と蹄《ひづめ》の音、武器のぶつかる音。緑の木々が裂けて倒れる音。黒い鎧をつけ、笑いながら建物を壊したり、逃げるフウル族を追いかけていた男たち。

あんな悲劇を引き起こした張本人なら、恐ろしいに決まっている。

(でも……)

直《じか》に会ったハイダルは、思い描いていた暴虐な王には見えない。

見えないが、いい人そうだからと信じることもできかねて、アルエットは裾に口づけたまま迷った。もしすごくいい人でも、王は王だ。フウル族の土地が欲しいから攻め入ったのだし、事情を話しても、ハイダルが弟を助ける理由がない。仮に助けると言ってくれたとしても、アルエットが失敗したことが伝わってしまえば、ヤズはかわりに弟に仕事をさせようとする。

（……やっぱり、言われたとおりにするしか――）

ハイダルがすっとかがみ込み、俯いていたアルエットの顎を掬《すく》った。

「湯浴みの必要がないならもう寝ろ。それとも、なにか食べたいか？」

ずいぶん寛大な言葉だったが、要するに夜伽をさせる気がないのだ。アルエットは数秒迷い、思いきって下肢《かし》を覆う巻き布をずらした。太腿《ふともも》をぎりぎりまで晒《さら》し、小声で告げる。

「すぐに……その、使っていただけるようにしてまいりましたので、どうか」

言えば後戻りはできない、と思って声が途切れた。言わなきゃ、と内心で己を叱咤《しった》する。抱いてくださいませと頼んで、気持ちよくなってもらって――殺す。

顎を持ち上げられたまま視線を逸《そ》らすと、ハイダルが再びため息をついた。

「そうか、顔が赤いのは媚薬のせいだな。乳首が目立つ」

指摘され、ぱあっと身体が熱くなった。透ける布はぴったりと肌を覆っている。肌が見えるだけでなく、つんと尖った乳首が布を押し上げているのも見えるのだ。

「ここも盛り上がっているな」

ふいに布ごしに股間に触れられ、びくっと身体が震えた。ハイダルの手は大きく、熱がはっきりと伝わってくる。彼は立ち上がるとアルエットの腕を引いた。

寝台へと導かれ、仰向けに寝かされる。巻き布を留めている腰の細い帯をほどかれると、なかば反応した股間があらわになって、アルエットは敷布に爪を立てた。隠したいが、いやがるそぶりを見せると腹を立てる男は多い。歌がうまくても所詮は男娼、買われたら喜んで身体を差し出し、奉仕すべきだと皆思っているのだ。

急《せ》かされる前に自分で膝を立て、大きく左右にひらく。強張る指で尻を掴み、よく見えるように腰を上げた。

「中に粘汁を溜めて栓をしてあります。こぼしてしまうといけないので、口でご奉仕させていただいたあと、抜きます」

「奉仕はいい」

ハイダルはアルエットの脇に腰を下ろし、かるく眉をひそめた。

「張り形《かた》を入れたまま来たのか。うたうのはつらかっただろう」

そっと尻を掴んだ指を外され、アルエットはびっくりしてまばたきした。従わせる意志を持った手つきだったが、痛くなかったからだ。

「いつもこういう準備をさせられるのか？」

「……女性みたいに抱けるようにって、粘汁は使いますけど、張り形は、いつもじゃないです」

ぼうっとしながら正直に答える。

「年は？」

「十八になります」

「国が焼けたときは十一か。七年、苦労したのだな」

ハイダルは自然な仕草でアルエットの頭を撫でた。眼差しはまるで慈《いつく》しむようで、見返すと胸の奥がぎゅっと痛んだ。

あたたかくて、厚みのある大きな手だ。こんなふうに大人の男性に丁寧に触れられたのはいつ以来だろう。優しい労《いた》わりの言葉をかけてもらえたのは、軽蔑したり怒鳴られたりしないのは――本当に久しぶりだった。

フウルの里から逃げるしかなかったあの日、助けてくれたのがこんな人だったらよかった。

(僕がヤズ親方についていくって決めなければ、ユーエにもひもじい思いや怖い思いをさせずにすんだだろうな)

「力を抜いて、楽にしていなさい」

張り形の小さな突起をつまみ、ハイダルが声をかけてくる。でも、と言おうとして思い直し、アルエットはおずおずと力を抜いた。狙うのは彼が射精するときだ。それまでは、身をゆだねるほかない。

「……っ、ん、くっ……」

引っ張られ、ぼこぼこと凹凸をつけた張り形が粘膜をこする。窄《すぼ》まりの襞《ひだ》を広げながら異物が通りぬけていくのは粗相《そそう》するような感覚で、どうしても腹が締まった。

（ぁ……だめ、い、いっちゃいそう……）

普段は孔に挿入されるのは、苦しかったり痛かったりするだけなのに、腹の中で異物が動くのが、むずむずした熱っぽさを呼び起こす。ハイダルは急ぐことなく、ゆっくりと張り形を引っ張っていて、動きがとまるたびに、内筒《うちづつ》がうねるような錯覚がした。

（なんで……？　お尻、いやなはずなのに……）

発情期のときでも、後孔《こうこう》の中では快感はほとんど感じられない。いつもと違う、と思うのと同時に、太い部分が孔の近くまで下りてきて、アルエットは背をしならせた。

「っぁ、……っ、ん、ん……っ」

敏感な場所が、ぐりゅ、と押しつぶされる感覚。体内の浅いところに、いじられると射精しそうになる、ささやかな膨らみがあるのだ。何度もなぶられたことがあるけれど、気持ちいいというよりは痛みに近かった。けれど今日は、まるで燃えるように熱い。

「っく、ん、ふぅ……っ」

「かなり大きい張り形だな。だが、もう少しだ」

震える下腹を撫でてハイダルが励ましてくれる。ぬぽっ、と太いところが窄まりを通り、アルエットはうなじまで走る痺れに顎を上げた。じんじんして、今にも達してしまいそうだ。無意識に敷布を握りしめ、襲ってくる感覚に耐えようとする。

「んっ、は……っ、ん……っ」

細くなった部分がゆるんだ窄まりを抜けた。たしか、凸凹の太い部分はあと二つだ。また太い部分が内側から孔を刺激し、今度は息をつめることでどうにかやりすごした。

あとひとつ、と息を吐いた途端、ぐぽっと孔が音をたてた。ハイダルが一気に引き抜いたのだ。腰が勝手に浮き、こらえる間もなく、性器から白濁《はくだく》が噴き出した。

「――っ、ぁ、……ぁ、あ……っ」

小刻みに振れてしまう尻から、ぽたぽたと粘汁が撒き散らされる。孔のふちが染みるようにかゆい。快感は身体中を満たしていて、白い蜜を噴き終わっても、余韻が長く尾を引いた。

「っう、……ん……っ」

ひくひくと痙攣《けいれん》する様子はきっとみっともない。意識の片隅でそう思うのに、身体はいうことをきかず、アルエットは最後にぴくんと腰を突き出してからぐったりとした。

はあはあと呼吸がうるさい。唇はいつのまにか、乾ききっていた。

「申し訳……ありません……」

動けないままかろうじて謝ると、気にするな、と返ってきた。

「おまえはここが弱いのだな」

「――っ、ぁ、待っ、ん、んっ」

まだ敏感な孔を触られ、また粘汁が溢れてくる。それを塗り込めるように、ハイダルは指を入れてきた。二本揃えた指先が、浅い場所をゆっくりとかき回す。

「っ、ふ、……っ、ん、っぁ……」

弱まったばかりの快感がぶり返してきて、目を閉じていても眩暈《めまい》がする。気だるさと気持ちよさがいりまじって意識が遠のきかけ、アルエットはかぶりを振った。

このままではだめだ。殺さなくてはいけないのに、決心が萎《な》えてしまう。

「陛下……っ、どうか……」

はしたない言葉を口にするのはためらいがあったが、どうせ最後なのだと首飾りを握った。

「どうか――貫いて、くださいませ……」

「指では足りないか」

奥へと指を差し入れながら、ハイダルは独り言のように言った。

「抱くのは気がすすまないが――女でなかっただけよしとしよう。これでは可哀想だ」

「っぁ、あぁっ」

可哀想、と言いながら触られたのは胸だった。尖りきった乳首はかすめるだけでも疼痛《とうつう》が走り、身体がくねる。疼《うず》きはすぐに重たい熱に変わり、へその下あたりにねっとりと溜まった。

まるで、胸だけで達したかのような感覚だった。かたくしこった乳首は、もっといじってほしいように痺れている。

呆然とハイダルを見上げると、彼は衣服をずらして己を取り出した。まだ平静なそれをしごくのを見て、アルエットは目を見ひらいた。

彼の分身は太くて長く、重たげだった。あんなに大きいなんて――挿入されたら裂けてしまいそうだ。

怯えてごくりと喉を鳴らすと、ハイダルが気づいて笑みを浮かべた。

「無理に犯したりはしない。それとも、つながるのはやめて指だけにするか？」

「い……いえ、このまま――おねがい、します」

恐ろしかったが、力でも体格でも勝《まさ》るハイダルを襲うには、彼が油断しているときに、至近距離でないと難しい。だから親方も、射精するときを狙えと言ったのだ。首飾りの、一番大きな葉の部分を右手で握り、アルエットは左手を差し伸べた。

「抱いていただきたい、です」

「わかった。痛かったら、途中でも言うといい」

改めてアルエットの膝をひらかせ、ハイダルは分身を股間にあてがってくる。粘汁まみれのそこに幹をすりつけてなじませ、太腿を押さえて窄まりを狙う。みっちりと塞がれる感覚に、アルエットは身がまえた。

「――っはぅ……っ」

くる、とわかっていても、圧迫感は想像以上だった。襞が限界まで引き伸ばされ、身体の中に異物がめり込んでくる。飲み込んだ場所はじわじわと痛み、挿入を拒《こば》もうと内襞《うちひだ》が閉じる。そこをこじ開けて砲身が進んできて、削られるような心地がした。

「狭いが……奥のほうはやわらかいな」

かるく揺すって挿入をとめ、ハイダルが息をついた。

「よほど受け入れるのに慣れているようだ。——痛すぎないか？」

「だ……いじょうぶ、です」

答えたものの、呼吸は浅く荒かった。痛いし苦しい。けれど、恐ろしいことに、それだけではなかった。

「もう少し入れるぞ。動くたびに抜けると、かえってつらいだろう」

「は、い……っ、く、……ん、んぅっ……」

息をとめて強張ると痛みが増すのはわかっていた。でも、ずずっと分け入られると反射的に身が竦《すく》む。無理に掘削《くっさく》される苦痛を覚悟しながら首飾りを握り直したが、ハイダルはアルエットが身体を硬くすると休み、脇腹に手を添えた。

「焦らなくていい。愛撫されるのが好きなところは？」

「ん……どこ、も……さわらなくて、い……、です……っ」

くわえこんだ雄《おす》が、かつてないほど硬く熱く感じられる。ぞくぞくと背筋を震えが伝い、気を抜くと鉄の棄を握った指からも力が抜けそうだった。これを離したらたぶん二度と手にできない、という気がして、きつく握りながら左手でハイダルの腕を掴む。

「うごいて……っ」

熱で潤んだ目で見上げると、ハイダルが眉根を寄せた。

「だが、まだきついぞ。少しは気持ちよくなってくれないと、傷つけてしまう」

宥《なだ》めるようにアルエットの頬を撫で、それから彼は胸に触れた。肌をゆったりと撫でさすり、乳首はごくかるく、ぴるぴると震わせるように指先でいじる。

「ぁ……っ、あ、そこは、……っふ、……ぁ、あっ」

じぃん、と甘い疼きが心臓まで響き、同時に腹がうごめいた。まぎれもない快楽がそこにある。こりこりした乳首をつままれれば尻が浮き、自らハイダルの分身を吸い込んでしまう。

「い、あ……っ、く、……はっ、……ぁっ、あ、ぁ……」

痛いのに、頭まで痺れた。目で見ても驚くほど大きかったハイダルのものは、奥に入ってくるほど質量を増すかのようだ。ハイダルのほうから穿《うが》ち入れられれば、ぱあっと全身で熱が弾けた。

「……っ、――――っ」

「達《い》ったか。媚薬のせいとはいえ、ずいぶん感じやすい」

「ふ……、ぁ、……っ」

性器に指を絡められてはじめて、アルエットは自分が吐精《とせい》したのだと気づいた。短時間に二度も達するなんて経験がない。まして、尻を犯されているときは、攻められるほど苦痛が増すばかりで、無理に射精させられるとつらいのだが。

「あ……っ、ぁぁ、……っ」

「さすがはフウル族だ。褥《しとね》での声もとろけるように甘いな」

「ぁ……っ、は、ぅ……ぁッ、……ぁ、ぁ……んッ」

気持ちよかった。いつのまにか、苦しかったはずの圧迫感が、ねっとりと渦巻く熱さにすり替わっている。雄の重さがもどかしくも快感だった。ハイダルは喘《あえ》ぐアルエットを見下ろして、小さくため息をついた。

「よほど強い媚薬を盛られたようだな。まだ襞が絡みついてくる」

「すみませ、ん、ぁっ……ふ、……ぁっ、……ぁ、あっ」

恥じて謝ろうとしても、動かれると声が上ずる。ハイダルは左手でアルエットの右脚を持ち上げると、身体を倒してアルエットに顔を近づけた。

「謝ることはない。楽になるまでつきあう」

大きく厚みのある手が、耳を包むように撫でた。飾り羽の中、羽毛に埋もれている小さな耳《じ》殻《かく》を指先で探りあてられる。

「ふぁっ、あっ、みみっ、や、ぁ……っ」

「気持ちいいか？　鳥人は羽のはえたところが敏感だものな」

耳のささやかな穴をいじられると、くすぐったいような快感が芽生える。うなじから尾《び》てい骨《こつ》まで震えが走り、きゅうう、と後孔が締まった。ハイダルの分身を締めつけてしまい、深い眩暈がした。

「ぁ……ぁ、だめ……、ぁ、……ぁ、ぁ……っ」

二度も達《い》ったのに、また予兆が込み上げてくる。ハイダルはアルエットの耳に触ったまま、さっきよりも大胆に腰を使った。

「——っぁ、あっ、……っん、ぁ、ああっ」

穿たれるたび、全身が脈打つかのようだった。気持ちいいのが響く。響いて跳ね返り、幾重にも重なって膨れ上がって——弾ける。

「ぁ、あ、あ……——っ」

大きく震えて達してしまうと、ハイダルは己を引き抜いた。アルエットは深く落ちていくのに似た絶頂感に見舞われながら、少しだけ寂しく思った。ハイダルは中では果てなかった。アルエットの身体が媚薬で敏感になっていなければ、彼は抱かないつもりだったのだ。たぶん、商人からの貢物だから仕方なく受け取っただけで、欲しくはなかったから。

強欲でも乱暴でもない人だ、と思いながら、アルエットは息が整わないまま首飾りを引っ張った。

（ころさなきゃ）

使う部分だけを外すつもりが、首の後ろで留め具が壊れる音がして、痛みが走った。かまわずに身を起こし、握ったものを振り上げる。

じゃらりと音が鳴るのと、ハイダルの黒い瞳がアルエットを見据《みす》えるのが同時だった。一瞬、その目が鋭く光ったように思え、怯《ひる》みかけて唇を噛む。これはユーエのためだ。

（僕は死んでもいい）

教えられたとおり喉を狙う。深く刺して抜けば、太い血管が傷ついて、確実に殺せる。そこが失敗したらどこでもいいから、何度も刺して息の根をとめる。

夢中で振り下ろしたはずの鉄の木の葉は、しかし届かなかった。手首を掴まれたかと思うとねじるように持ち上げられ、アルエットは首飾りを取り落とした。

「――――っ！」

ハイダルは慣れた様子で掴んだ腕をひねり、アルエットをうつ伏せにして押さえつけた。

「誰に命じられた？」

身体が凍りつくような、底冷えのする声だった。肩を押さえた力は強く、身じろぎもできない。そこにはついさきほどまで穏やかで優しかった男とは思えない酷薄《こくはく》さがあって、アルエットは喉を鳴らした。

「僕は……両親の仇を……」

「仇か」

低く、ハイダルが笑った。

「たしかに、フウル族の多くが死んだのは、俺にも一因があるな。恨んでいると言うなら、で

きるだけの償《つぐな》いはしよう。——だが、殺されてやるわけにはいかない」

掴んでいた手が離れる。ぱっと振り返ると、ハイダルは落ちた首飾りを手にしていた。

「フウル族が身に着けるには無骨《ぶこつ》すぎると思っていたが、まさか武器にするつもりだったとはな」

表情は淡々としている。怒るわけでもないその静かさがかえって恐ろしいのだと気づいて、アルエットは拳《こぶし》を握りしめた。やはりこの人は暴君なのだ。噂どおりの、凶暴な男。

どうせもう自分は死罪だ。ユーエだけは守らなければ。

意を決して首飾りを取り返そうと手を伸ばす。ハイダルはなんなくその手を払った。

「力では敵《かな》わないとわかっているだろう。諦めろ」

アルエットは無言で、すがるようにしてハイダルの腕を掴んだ。届きそうもない首飾りを諦め、思いきり、太い二の腕に歯を立てる。

さすがに驚いたハイダルが、すぐさまアルエットを引き離した。勢いで背中から床に落ち、息がつまる。心が萎えかけ、ユーエ、と小さく呟《つぶや》いて、アルエットは起き上がりながら耳飾りをむしり取った。

熱と痛みとともに、血が肩にしたたる。奥歯を噛みしめて再び寝台へとのぼると、呆《あき》れた表情のハイダルが、あっけなくアルエットの手を掴んだ。

「もうやめなさい。復讐したところで、おまえの家族や友人が生き返るわけじゃないんだ」

「――そんなことは、わかっています。でもユーエが」

口走ってしまって、アルエットは唇を噛んだ。王がユーエを探し出して、アルエットの罪をユーエにも償わせようとしないだろうか。噂よりもよさそうな人だ、と一度は思ったが、さきほどのぞっとするような声を思い出すと、信じて頼る気にはなれなかった。

睨むと、ハイダルがふっと表情をゆるめた。

「ユーエというのは兄弟か？」

「……あなたには、関係ありません」

「関係はある。おまえにとって俺が仇なら、その者にとっても仇だろう？」

やっぱり、と目の前が暗くなった。だが、ハイダルは続けて言った。

「おまえにはしばらく王宮にいてもらう。言ったとおり、おまえに殺されてやるわけにはいかないが、国を滅ぼした者を憎む気持ちはわかる。諦めがつくまで殺そうとしてくれてかまわない」

「――え？」

アルエットはぽかんとしてハイダルを見上げた。ということは、彼はアルエットを処刑する気はないのだろうか。しかも、「殺そうとしてもいい」だなんて――変な提案だ。

ハイダルはアルエットの、傷ついた羽耳に触れた。飾り羽の下のほうだけ、丁寧に撫でる。

「痛かっただろうに……気弱で繊細《せんさい》なだけの鳥人かと思ったが、思いのほか激しいところもあるんだな」

あとで薬を持ってこさせよう、とつけ加え、ハイダルは微笑を浮かべた。

「ユーエとやらも、おまえが傷つくことや誰かを殺めることは喜ばないはずだ。残った家族を悲しませるのは、おまえもいやだろう?」

「――」

ユーエの顔が脳裏に浮かんだ。内気で優しい弟だ。今ごろきっと心配して、同じくらい悲しんでいるだろう。口には出さないものの、昨日の別れ際も謝りたそうな、悲しい顔をしていた。気づいていて、アルエットはなにも言ってやれなかった。言うだけ、虚しいから。

(だって、じゃあ、どうすればよかったの……?)

できませんとヤズに言ったところで許してもらえるはずもなく、ユーエを危ない目にあわせるのは絶対にだめだ。二人して逆らえば、奴隷としてどこかに売られるのがおちだった。

「不満そうだな。本心から俺を殺したいと思ってはいないくせに」

くすりと笑われて言い返そうとして、アルエットはできなかった。そのとおりだ、と膝に視線を落とす。

仇だと言い聞かされても、アルエットはハイダルを憎いと思ったことはない。ただ悲しかった。フウル族のささやかな領土など、侵略せずにそっとしておいてくれればよかったのに、と考えはするが、彼を殺しても家族と暮らした日々が帰ってくるわけじゃない。

ハイダルは寝台から立つと振り返った。

「それに、人を殺すのは苦しい」

深い声にはっとして見上げると、王は憐れむような目をしていた。

「特におまえのような者には苦痛だろう。一度でも誰かを手にかければ、その苦しみは一生ついてまわるんだ。——明日また、詳しく話を聞く」

そう言って彼は背を向けた。淡々と、落ち着いていて、むしろ穏やかにさえ見える。最初と同じ印象の背中だ。落ち着いたまま、たぶん苦もなくアルエットを殺せる人。覇王と呼ばれ、フウル族の里を焼き——それでも、殺めるのは苦しい、と言う。

「あの」

気づいたときには呼びとめていた。振り返ったハイダルはなにを考えているのか、アルエットにはとても読み取れない。それでも、伝えよう、と思った。

「ありがとう、ございます」

「礼を言われることをした覚えはないが」

「——でも、あなたを殺さずにすみました」

口にして、たしかに彼にお礼を言うのは変だなと思ったが、もう一度頭を下げた。

「殺すのは苦しいって言ってくれたから、なんでできなかったんだろうって、後悔もしなくてすみます。そのお礼です」

言われたハイダルはしばらく怪訝な顔をしていたが、やがてふっと苦笑した。

「変わったやつだな。――気を張って疲れただろう。よく眠るといい」

おやすみ、と言いおいてハイダルは踵《きびす》を返した。アーチ型の戸口の向こうに消える後ろ姿を見送って、アルエットは胸を押さえた。

（……明日、頼んでみよう。僕は罪を償うから、弟は助けてくださいって）

きっと、彼はヤズよりは、ユーエに親切にしてくれる。そう信じるほかなかった。


翌朝は、黒狐《くろぎつね》の獣人が食事を運んできてくれた。使奴《しど》の腕輪をつけている。使用人の中では一番下の身分なのだが、まだ若い彼は服も肌も清潔で、なにより表情が自信に満ちて明るい。

「改めまして、オームと申します。アルエットさんがこちらにいるあいだ、お世話させていただきますね」

にこやかに笑ってテーブルに並べてくれたのは、薄く切って焼いたパンに木の実や豆のペースト、それにあたたかいスープだ。最後に置かれたのは、色とりどりの葡萄《ぶどう》の入った器だった。

「フウル族の方は葡萄がお好きだからと、ハイダル様からお持ちするよう言いつかりました」

アルエットの視線に気づいたオームが説明してくれた。広大な砂漠の西側に位置するこの地方の国々では、どこも似たようなものを食べている。けれど、紫や緑色、紅色や橙色《だいだいいろ》の葡萄は、フウル族の住んでいた湖のほとりでしか採れない。

（葡萄は、まだ採れるんだ……）

木々も全部焼けて枯れてしまったのだと思っていた。思いがけない懐かしさに、じんと胸が痺れる。

「耳の傷は痛みませんか？」

お茶をそそぎながらオームに聞かれ、アルエットはおずおずと椅子に座った。世話をされるのには慣れていない。それに昨夜は、彼が薬だけでなく着るものも持ってきてくれたので、少し恥ずかしかった。裸を見られただけでなく、ハイダルとのあいだになにがあったのか——抱かれたことも、オームは承知しているようだったから。

「薬をいただいたので、大丈夫です。ありがとうございました。服とか、食事まで運んでもらっちゃって……」

「お礼なんて、いいんですよ。アルエットさんの身の回りのことは全部、私の仕事ですから。服のほうは、窮屈だったり、大きすぎたりしませんか？」

「大丈夫です」

痩せているせいでぶかぶかだが、着心地はいい。造りは使奴のオームと似たような簡素なもので、アルエットにはかえってありがたかった。

オームは人のよさそうな笑みを見せ、一歩下がるとおじぎした。

「食事が終わりましたら、ご自由にお過ごしください。部屋からは出ないようにとのご命令です。ご入用《いりよう》のものがあれば、ベルを鳴らしてお呼びくださいね」

「はい、ありがとうございます」

つられて頭を下げたアルエットに、彼はくすくす笑って辞していった。アルエットはお茶に口をつけ、スープから食べることにした。ペーストをたっぷりつけたパンも魅力的だけれど、日持ちするものは貯めておきたい。ヤズには嘲笑されたが、貯食《ちょしょく》したり気に入ったものを大切にしまっておくのは、フウル族にとっては本能に近かった。

しまう場所を見つけなくちゃ、と思いながら葡萄をつまみ、懐かしい酸味と甘さにせつなくなる。

「ユーエ、ごはん食べられてるかな……」

この食事を持っていってあげられたら、と思うと、おなかがすいているのに手がすすまない。結局葡萄もしまっておくことにして、迷って寝台のそばのテーブルに、布をかぶせて置いた。

改めて室内を見回す。天井は高く、豪華な内装だ。出入り口は廊下に続くものがひとつ。壁をくり抜いただけで玻璃《はり》を入れない窓が二つ。近づいてみると中庭が見え、白や薄紫の花が咲いていた。緑はいきいきときらめき、それだけ手間と水が使われているのだとわかる。小道は白い石で舗装されていて、裸足《はだし》で歩いても気持ちがよさそうだ。

いいなあ、と思ったが、部屋から直接中庭には出られない。窓から抜け出す気にはなれず、かわりに室内の棚を開けてみた。膝掛けや外出用の頭布、上着などが入っているから、以前は使う人がいたのかもしれない。棚の脇には壁に扉が造りつけられており、開けると中には竪琴《たてごと》が入っていた。

竪琴はよく見る楽器だけれど、フウル族は楽器を奏でるよりうたうほうが好きで、アルエットは弾いたことがなかった。でも、することもなく座っているのも落ち着かない。普段だったら親方たちの食事の後片付けをしている時間だな、と思い、竪琴を手に取った。

窓の広いふちに上がって座り、見よう見真似で弦《げん》をつまびく。音はぼやけて美しくはなかったが、声を乗せると気にならなくなった。

歌詞はつけず、思いつくまま旋律《せんりつ》をうたう。庭から入り込む風はほんのり湿り気を帯びて涼しかった。もうすぐ「雨の季」だ。昨日うたった歌のように、朝や昼、夕暮れどきに気まぐれに降る雨は、誰もが待ちわびる恵みだった。陽の光とともにぱらぱらと躍《おど》る雨粒が、さまざまな色に輝いて美しい。湖面に落ちるといくつも輪が描かれて、子供のころは長い時間眺めて過ごしたこともあった。

七年――もう八年近く、あの湖も見ていない。ずいぶん遠いところに来たのだと、アルエットはふいに実感した。

距離でいえば、この王宮よりも故郷から離れた、ビルカ小国群の北の端にも行ったことがある。けれど、うたうか身体を売るか雑用をするか、そうでなければ移動のために歩くかで、休みなく働くあいだに、懐かしんだり考えたりするだけの余裕もなくなっていた。

（これから……どうなるんだろう）

話を聞く、と言われたけれど、事情を聞かれたあとは牢に入れられるのだろうか。殺すのを諦めるまでは王宮にいてもいい、というようなことを言われたが、アルエットはもう、ハイダルに襲いかかる気をなくしていた。

処刑されるときは痛くないといいな、と思いながらため息をつくと、ふいに声がした。

「もううたはおしまいか？」

活発そうな幼い声にびっくりして窓の外へ目を向ける。いつのまにか、庭には男の子が立っていた。ハイダルが着ているのによく似た、濃い青に銀の模様の入った服をまとい、くるくるした巻き毛の下の大きな目で、アルエットを見上げている。

「おまえ、フウルぞくだろ？　はじめて見たけど、耳がはねでおおわれてるのはフウルぞくだって、おれしってるんだ」

得意そうに腰に手を当てたポーズはなんだか偉そうだ。

「こえがきれいだときいたが、おまえのうたもわるくなかったぞ。たてごとはしんじられないほどへたくそだがな。こっちにきて、もっとうたえ」

「……え、えっと、こっちって？」

王族のひとりなのだろうか。ちょっぴりわがままな態度や豪華な服を見ると身分は高そうだが、それにしては、世話をする人の姿がどこにもない。困惑したアルエットに、男の子は焦《じ》れったそうに足踏みした。

「にわにきまってる。このジャダーロさまがさそってやったんだぞ、出てこい」

男の子は手を伸ばして、アルエットの服の裾を引っ張った。意外と力が強くて身体がかしぎ、あわてて手で支えた。

「でも、部屋からは出ないようにって言われて……」

「にわに出るだけだ。へやのそばなんだからいい」

「そんな――わっ」

引っ張られて落ちそうになり、アルエットは諦めて腰を下ろしていた窓のふちから外へと足を出した。すべるように降りて地面に立つと、男の子――ジャダーロはきゅっと手をつないでくる。

「はやく！　あそこの木かげがいい」

指差したのは大きなジャカランダの木の下に置かれた、白い長椅子だ。自分と並んでアルエットを座らせたジャダーロは、手をつないだまま催促した。

「さばくのうたがいい。しってるか？　オルニスのたみがえんでんへのいきかえりにうたう、たましいのうただ」

「……ごめんなさい。オルニスの歌は知らないです」
ヤズは各地を転々として荷を仕入れたりさばいたりするが、オルニス国に来ることはあまりなかった。訪れても国の端のほうか、とどまらずに通りすぎるかだから、土地の歌を覚える機会がなかったのだ。
「ビルカの、うさぎ獣人の国の歌ならうたえます」
「きいたことないな。よし、うたってみろ」
こんどはオルニスのうたもおぼえろ、と鼻を膨らませ、ジャダーロは足を揺らした。はやく、と急かされて、アルエットはつい笑ってしまった。ジャダーロはまだ五、六歳だろう。わがままなのだが明るくて、その屈託のなさが愛らしかった。
ちょっと待ってくださいね、と断って息を整え、旋律と歌詞を思い出す。
——おお、我らは不屈《ふくつ》
乾いた砂の海を越え
いつか緑の楽園へゆく
元はずいぶんと長い歌らしいが、この三節だけが繰り返されることも多く、アルエットが知っているのもここだけだ。小柄でも粘り強いうさぎ獣人たちが、畑仕事や穴を掘るときにうたうのだそうだ。酒場にいた人間の男たちには不評だったが、アルエットは好きだったし、洗い場で働きながら聞いていたうさぎ獣人には涙ぐんでお礼を言われた思い出があった。

神妙な顔で聞いていたジャダーロは、アルエットがうたい終えるともっともらしく頷いた。

「オルニスのうたにはおよばないが、まあまあかっこいいな。いずれおれが王になって、うさぎじゅうじんをきゃくとしてまねいたら、おまえにうたわせてやろう」

「……ジャダーロ、様は、王様になるんですか？」

もしかしてハイダルの子だろうか、と思ったが、彼に妻はなく、子供もいなかったはずだ。いるのはたしか――と見つめると、ジャダーロは胸を張った。

「おれのあにはハイダル、国王だ。あにうえはおれに、いずれはおまえが王になる、といつもいってるぞ」

「弟……」

ずいぶん歳が離れている。ハイダルは王としては若いが、それでも三十すぎのはずだ。昨日、弟が熱を出していると言われたときは、なんとなく二十歳くらいの弟なのだろうと思っていた。

「もう、具合は大丈夫なんですか？」

尋ねると、ジャダーロは拗《す》ねたように唇を尖らせた。

「あにうえがいったのか？　きのうだって、ねつなんかたいしたことなかったんだ。あにうえはカホゴなのがけってんだ。カホゴ、わかるか？」

「はい、わかります。心配しすぎということですよね」

難しい単語を使いたがるのが可愛くて、アルエットは笑みをこぼした。同時に、ハイダルの

か。顔を思い出す。実の弟には甘いらしい。だったらユーエのことも、助けてもらえるのではない
「そんなことより、おまえのはなしがききたい。さっきビルカのことをいっていただろう？　うさぎのじゅうじんがいるのは北のほうだ、あんなとおくに行ったことがあるのか？」

「はい。旅商に面倒を見てもらっていましたから」

「りょしょう！　じゃあもっと北とか、南も行ったのか？　さばくには？」

「いいえ、砂漠は――」

奥まで入ったことはない、と答えかけ、アルエットは声が聞こえた気がして顔を上げた。女性や男性の声がいくつもまじって、風に運ばれてくる。はっとして立ち上がると、ほどなく足音も聞こえ、中庭のくぐり口に数人が現れた。

先頭の四十代くらいの女性が、ジャダーロを見つけて安堵《あんど》に顔を歪《ゆが》める。

「ああ、ジャダーロ様！　また勝手に抜け出して、こんなところにいらっしゃるなんて」

駆け寄ってきた彼女は、アルエットのそばから奪うようにジャダーロを抱きしめた。そうしてアルエットを睨みつける。

「おまえは、部屋から出ないようにと陛下が命令したはずです！」

アルエットは身を縮めた。すみません、と謝る声も聞こえないように、女性はジャダーロをかばって後退《あとずさ》った。

「鳥人のくせに、恩知らずにもほどがあるわ。まさか、ジャダーロ様まで手にかけようとしたんじゃないでしょうね」

「いえ、僕は、そんなつもりは――」

敵意もあらわな彼女の剣幕に、アルエットは口ごもった。かわりに、ジャダーロが女性の腕の中でもがいて、「そいつをせめるな！」と声を張り上げた。

「おれがにわかに出ろとめいれいしたんだ！　ミラはどうしておこっているんだ？　かれはあにうえのあたらしいめかけだろう」

「ジャダーロ様、妾だなんてまだ口にしてはいけませんよ。それに彼は妾じゃありません」

ミラと呼ばれた女性はアルエットを睨みながらジャダーロに言い聞かせる。昨夜のことを彼女は知っているのだ、と気づいて、アルエットは腕を掴んで俯いた。

めかけだ、とジャダーロは言い張った。

「ここはこうきゅうだぞ。ふくはじみだが、あにうえがつれこんだのだし、さくやはかわいがっておいでだったと、オームがいっていた」

「まあ……ジャダーロ様、なんてことを！　それに能天気なオームの言うことなんか、真《ま》に受けるものではありませんよ」

赤くなったミラがジャダーロをたしなめる。

「いいですか、この鳥人は危険なんです。今後は近づいたりしては――」

「そのフウル族なら、ジャダーロに危害は加えない」

響いたハイダルの声に、いたたまれずに下を向いていたアルエットは振り返った。

「ハイダル様」

ミラや、彼女とともに来た使奴が、ぱっと喜びに顔を輝かせて深く頭を下げる。心から敬《うやま》っているのが表情や丁寧な動作から窺《うかが》えて、アルエットはひそかにびっくりした。

ハイダルは、使用人からはこんなに敬愛されているのか。

歩み寄ってきたハイダルに、ジャダーロが飛びついた。

「あにうえ！　あさのおしごとはおわった？」

「ああ。お茶の時間はおまえと過ごせるよ、ジャダーロ」

幼い弟を抱き上げて、ハイダルはかるく頭を撫でてやる。そうしながら使用人を見渡した。

「彼はアルエットという。なりゆきは聞いたと思うが、しばらく後宮に住まわせるから、おまえたちもそのつもりでいてくれ」

ですが、と女性が言いかけた。ハイダルは短く「大丈夫だ」と遮《さえぎ》った。

「長くいるわけではない。世話はオームに頼んでいるから、おまえたちが顔をあわせる機会もほとんどない。いないものだと思っておけばいい」

「陛下が慈悲深く公正な方であられるのは、使用人のわたしどもにとっても誇らしいことでございます。しかし、罪人にまで甘くすることはないのではございませんか」

納得できかねた様子のミラは、控えめながらも反論して、アルエットをまた驚かせた。彼女は使用人の中では身分が高そうだけれど、それでも普通、主《あるじ》にあんなふうに反論したら、クビになったり、罰を受けてしまうはずだ。

だがハイダルは苦笑しただけだった。

「おまえたちが俺の身を案じて怒ってくれているのは嬉しく思う。だが、大丈夫だと言っただろう？」

「……陛下がそうおっしゃるのでしたら、もちろん従いますけれど」

ミラはアルエットを見遣《みや》ってため息をついた。

「わたしとしては、恩知らずな鳥人の男なんかじゃなく、後宮には美しい女性を迎えていただきたいですけれどね。陛下はもう少し、ご結婚やお世継ぎを真面目に考えてくださいませんと」

「考えているさ。もう下がりなさい、仕事があるだろう」

まだなにか言いたげなミラに手を振り、ハイダルは弟を下ろすとアルエットに目を向けた。

「これからジャダーロと休憩をする。おまえも一緒に来い」

「――休憩されるのに、僕がいてもいいんですか？」

黒狐のオームは親切だったが、使用人たちが警戒するのも当然なのだ。彼らの王であるハイダルを殺そうとしたアルエットは賊《ぞく》であり、罪人だ。ましてハイダルが慕われる王ならば、憎まれても仕方がない。なのに、ハイダルはあっさりと頷いた。

「ついでに話が聞けるからな」

さっさと踵を返す彼の手に掴まって、ジャダーロは嬉しそうにアルエットを呼んだ。

「もたもたするな、アルエット！　とくべつ手をつないでやるぞ」

「——でも」

「つないでやってくれ」

ハイダルが優しい眼差しを弟に向けた。

「甘えられそうな相手を見つけてはしゃいでいるんだ。……すまないな」

「いえ……僕で、よければ」

アルエットとしては否《いな》はない。子供は好きだった。幸せそうに笑っている子供を見ると、心がなごむから。

ひかえめに差し出した手をジャダーロが握りしめてくる。ふふん、と得意そうな笑顔が眩しくて、胸が痛んだ。

——ユーエが、弟が恋しい。

連れていかれたのは後宮の内部ではなく、本宮にある部屋だった。後宮のそれよりもずっと広い中庭に面した開放的な部屋で、庭に露台《ろだい》が張り出している。屋根で覆われて日陰になったそこにテーブルがあって、黒狐の獣人、オームがお茶の支度を整えて待っていた。

朝食を終えてからまだ二時間ほどしか経っていないのに、テーブルの上には何種類も焼き菓子が並んでいる。久しぶりに見る甘いものに、思わず尾羽がぴこぴこと上下した。

（持って帰りたい……でも、だめだよね）

王を殺そうとした分際で、お菓子をほしがるのはさすがに図々しい。お茶の席に呼ばれたのは話を聞くためだからと自分を戒《いまし》めて、数歩後ろに下がる。怪訝そうにジャダーロが振り返った。

「どうした？　アルエットはおれのとなりにすわるんだぞ」

「いえ、僕は立ってます」

「なぜだ。いすを見ろ、三つあるじゃないか」

ほら、とジャダーロは強引に手を引き、アルエットを椅子に座らせた。自分も隣の椅子に腰を下ろすと、とくべつだぞと言いながら、皿に焼き菓子を取り分けた。

「これはさくさくしてうまい。こっちはもちもちしていてうまい。これはぱりぱりしてうまいんだ。すきなものがあれば、すきなだけたべていいぞ」

「すっかり懐いたな」

並んだ二人の向かいに座り、ハイダルが目を細めた。

「ジャダーロが王宮の人間以外と顔をあわせるのは久しぶりだから、興奮しているのだろうと思ったが――それだけでもないようだ」

「え？」

「ジャダーロは幼いが、すでに人を見る目がある。おまえは合格なんだろう。善人か、少なくともジャダーロに危害を加えない人間だということだ」

弟を見るハイダルの表情は愛しげだった。まだほんの子供の判断を、本気で信じているらしい。

「だって、アルエットはうたがうまいんだよ、あにうえ」

自分の顔くらいある大きな焼き菓子を片手に、ジャダーロはにんまり笑う。

「それに、あにうえがかわいがるにんげんなら、おれもかわいがってやらないとな！」

「……またオームからくだらない言い回しを学んだな」

ため息をついてハイダルが使奴に目を向けたが、オームのほうは愛想笑いしてささっと出ていった。呆れてはいるが、怒っていないとわかっているのだろう。普段から、どの使用人に対してもハイダルは寛容なようだ。

他国では恐れられていても、国民にとっては自慢の王なのだろう。弟へ向ける愛情深い眼差しを見れば、身内を大切にするのだろうとは思う。アルエットの扱いだって寛大だ。けれど。

（こんな人が、僕たちの国を奪ったなんて――）

ハイダルがどういう人間なのか、アルエットはまたわからなくなる。

「おまえの兄弟はユーエといったか」

俯くようにしてお茶を口に運んだアルエットは、そう言われてどきりと視線を上げた。ハイダルは淡々と聞きなおす。

「おまえの様子からすると弟だろう？　歳は？」

「――もうすぐ、成人の歳です」

「そうか。ジャダーロよりだいぶ年上だな。これはまだ六歳だから」

「あとちょっとで七さいだ」

ジャダーロが不満そうに訂正を入れる。少しでも大人ぶりたいようだ。微笑《ほほえ》ましく思ってから、ふと気づいて首をかしげた。

「じゃあ、あのとき――フウルの国が滅びたときは、まだ生まれていなかったんですね」

「ああ。父の最後の子供なんだ。父はルド・フウラの戦いの直後に死んだから、ジャダーロは顔を知らない」

「だったら――陛下は、あのとき、王子だったんですよね？」

フウルの国に攻めてきたのは、ハイダルではなく前の国王なのではないか。争いごとを起こすか起こさないかを決めるのは、国で一番偉い人のはずだ。王子だったハイダルの意志ではなかったかもしれない、と思ったのだが、ハイダルは首を横に振った。

「王子ではあったが、フウルの湖まで軍を率いたのは俺自身だ。父は晩年足を痛めていて、戦《いくさ》ができる状態ではなかったし、どこでなにを相手に、いつ戦うかは、かなり以前から俺が決めていた。仇が俺か、前国王か知りたいというなら、俺だ」

遠回しな質問でも、アルエットの聞きたいことがハイダルにはわかるらしい。そうですか、と落胆すると、ジャダーロが頬を膨らませた。

「なぜあにうえがかたきなんだ。かたきというのは、てきのことだろう？　あにうえはフウルぞくをたいせつにしているのに」

イイガカリだぞ、とややあやしい発音で言って、小さな子供でも叱るみたいに指を突きつけてくる。

「あのたたかいはバラーキート国がしかけてきたんだ。フウルのみずうみほしさにぐんをこっきょうにあつめていたから、あにうえはまもるためにでむいた。フウルぞくをおそったのも、バラーキートのへいしや、やとわれたようへいだ」

ジャダーロはよほど兄を尊敬しているらしい。幼い彼にはそう伝えているのか、とハイダルを見つめると、王は視線を伏せた。

「ジャダーロの言うとおりでほぼ間違いない。弟には将来のために真実を伝えてあるからな。だが、結果としてフウル族の土地が戦場になったのだし、殺されるフウル族を助けることもできなかった。バラーキート国が侵攻してきただけなら、降伏して犠牲を最小限にできた、と思うフウル族がいるのは当然だ」

落ち着いた口調は、嘘をついているようには聞こえなかった。でも、アルエットの知る「事実」とはかけ離れている。

「あの戦のとき、僕は十一になったばかりで、まだ子供でした。それでも覚えてます。昔は東隣にはクラーナという王国があって、攻められないように愛鳥を差し出していました。でも、その国を滅ぼしたのはオルニス国ですよね？　どんどん領土を拡大していて、大人たちはみんな不安がっていました。そのうち僕たちの土地も奪いにくるんじゃないかって。愛鳥を差し出しても断られたから、余計に恐ろしくて——きっと殺しに来るに違いないって言う人だっていたんです。そして、そのとおりになった」

「クラーナ国なら、向こうから降伏すると申し出があったんだ。貴族たちの一部が反発したから、幾度か戦闘はあったが、王家の者は今もあのあたりを領地にしている。愛鳥を断ったのは、人質をよこさなくても一方的に攻める気はない、という意味だ」

ハイダルはお茶を飲み干した。おかわりを自分でそそぎ、アルエットとジャダーロの器にもつぎ足す。アルエットは「でも」と言い募《つの》った。

「あの土地も、湖も、僕たちフウル族のものです。オルニス国の人が守ろうとする必要はないでしょう。誰も頼んでいないんですから」

「頼まれていなくとも、湖をバラーキートに取られるのはこちらも困るんだ。旧クラーナ国領も、ほかの近隣の地域も、湖から流れる小川が唯一の水源だ。水を汚されたり毒を入れられたり、あるいは堰《せ》きとめられれば、オルニス国内でも大勢が苦しむ」

「……でも、この目で見たんです。街の人たちを追いかけたり、家に火をつけたりしていたのは、黒い鎧をつけた兵士でした。あれはオルニス軍でしょう？」

「おまえが見たのはたぶん傭兵だ。彼らの鎧には赤い目印がついている。我が軍は銀の印で、似ているが違う。たちが悪いから俺としても気がかりで、あの戦でだいぶ始末したはずだが、再起を図ろうとしてか、最近また出没しているようだ」

「……」

でも、ともう一度言おうとして、アルエットは口をつぐんだ。

ハイダルの言うことは筋がとおっている。よくできた嘘かもしれない、と考えて、やるせない気分になった。――嘘なら、ヤズのほうがついているかもしれないのだ。

もし、折に触れヤズから聞かされてきたことが嘘だったら。

（でも……でも、親方だって騙されていたかも。平和なほうが商人の仕事は楽なはずだもの。オルニス国の王様を殺そうとするわけがないし、ハイダル王を殺したがっていたのは、親方に命令できる、もっと偉い人みたいだったから……）

あるいは、その偉い人も勘違いをしている可能性だってある。フウル族の大人たちもハイダルを恐ろしい人物だと思っていたくらいだから、事実を知らずに、フウル族のために義憤《ぎふん》にかられているのかもしれない。ならば、本当のことを伝えたら、すべて丸く収まるのではないだろうか。

思いつくと、きっとそうだ、という気がしてきて、アルエットはそわそわと拳を握りしめた。

「陛下……、僕を、戻らせていただけませんか」

「戻る？　フウルの湖にか？」

「いえ、親方――僕を育ててくれた旅商のところです。その人が……その、僕に、昨日のことをしろって」

ジャダーロは大きな目を動かして、興味深そうに聞き入っている。今さらながら、幼い子供に聞かせるような話ではないと、曖昧にぼやかすと、ハイダルのほうがあっさりと言った。

「なるほど、その親方が、俺を殺せと言ったんだな」

「む。あにうえをころそうとしたのか？」

「アルエットが悪いわけじゃない。睨むのはやめなさい、ジャダーロ」

弟をたしなめ、ハイダルはじっとアルエットを見つめてくる。

「おまえの顔を見る限り、人を殺したいと思うほど憎んでいるようではなかったから、おそらく誰かに強要されたのだろうとは思っていた。親方というのは、昨日連れてきた商人か？」

「あの人は違います。親方の知り合いで、オルニス国で商売をしているからって、王宮まで僕を連れてくるのを引き受けたんです。親方はあんまりオルニス国には滞在しないので。でも今なら、親方も近くの街に残ってると思うんです。僕がちゃんとできたか、知る必要があるでしょう?」

「殺せませんでした、と報告に行くつもりならやめたほうがいい」

「親方が言っていたことは勘違いだって、説明したいんです」

そうしないと、ヤズはユーエを送り込んできかねない。ここでアルエットが待ちかまえていれば、ユーエが来てもとめられるかもしれないが、それには常にハイダルのそばにいる必要がある。許可がもらえるとは思えず、とめられなかったらユーエまで罪に問われることになってしまう。

それに、誤解をといておけば、この先ハイダルが狙われることはなくなるはずだ。

「親方の知り合いも、きっと陛下を誤解しているんだと思います。だから、ハイダル様はこう言ってたたって伝えたら――」

「だめだ」

なんとか頼もうと身を乗り出したアルエットに、ハイダルはきっぱりと言った。

「おまえを王宮から出すことはできない」

「陛下……!」

アルエットは急いで椅子からすべり下りた。膝をつき、深く頭を下げる。

「もちろん、逃げたりしません。事情を伝えたら、戻ってきてちゃんと罪は償います。でも、弟が——ユーエが、親方と一緒にいるんです。誤解したままだと、今度は弟が、あなたを殺せと言われてしまいます」

お願いします、と額を床に押しつけると、頭上からため息が聞こえた。

「親方は相当な悪党だな。年端《としは》も行かぬ子供を、七年もかけてこんなふうに支配するとは。早急《さっきゅう》に捕らえねばならないようだ」

「……たしかに親方は強欲だし、暴力的なところもあって、善良な人ではないですけど、僕たちを奴隷として売り払ったりしなかったので、すごく悪い人ではありません。弟のことも、僕が働けば、身体を売らなくていいって認めてくれたんです」

アルエットは顔を少しだけ上げ、ハイダルを見上げた。

「図々しい願いなのはわかっています。行かせていただけませんか」

「だめだ、と言っただろう。おまえが見た目どおり心が素直で清らかなのも、弟思いなのもよくわかったが、もっと自分のおかれている状況を知ったほうがいい」

嘆息《たんそく》まじりに言って、ハイダルは立ち上がった。

「おまえには酷に聞こえるだろうが、弟からも話を聞く必要がありそうだ。場合によっては彼にも処罰を下す」

「っ、ユーエはなにも悪いことはしてません！」

ひどいことはしないで、と頼もうとして、ひたと見据えられて声が喉にはりついた。冷ややかな——突き放すような目で、ハイダルは見下ろしていた。

「愚かなのはおまえの罪ではないが、だからと言って許されないこともある。取り返しのつかない過ちを犯してからでは遅いんだ」

「——僕、は」

「すぐに捜索にかかる。おまえは後宮に戻っていろ」

一言異を唱えるのも許さない雰囲気に吞まれ、アルエットは去っていく彼を見送るしかなかった。ジャダーロが迷うそぶりを見せながらも、兄を追いかけていく。ひとり残されるとオームがそっと近づいてきて、「戻りましょう」と声をかけた。

「ご案内します」

のろのろと立ち上がり、アルエットは無意識に耳の飾り羽を引っぱった。

(ハイダル王が親方を捕まえて、ユーエだけ許してくれるとは思えない。捕まってしまったら、きっと会わせてはもらえないよね。場合によってはって言ったけど、万が一ユーエまで処刑されることになったら——)

アルエットを見下ろした目は、これまでハイダルから向けられた中で、一番きつい視線だった。怒りをたたえた厳しい目。愚かだ、と言いきった彼は、アルエットを見限ったかのように見えた。

嘘や不たしかな噂を信じて生きてきたのだから、たしかに自分は馬鹿なんだろう。軽蔑されても仕方ない。でも、あの口ぶりは、まるでユーエまで悪人扱いするようだった。

ユーエだけは悪くない。

小さくひとりごちて、アルエットは決めた。

なんとかして王宮を抜け出して、ユーエを探そう。ユーエだけでも、遠くに逃さなくては。

夕刻の大きな通りには喧騒《けんそう》が満ちていた。行き交う人々の話し声や笑い声。彼らを店に呼び込もうとする声。荷車の音、ロバの蹄の音、どこかで奏でられる竪琴や笛の音。

急いだりのんびり店先をひやかしたり、思い思いに歩く人の波にまぎれ、アルエットはようやく息をついた。羽耳を隠すフードを少しずらして、念のため後ろを振り返る。ついてくる人間も、アルエットに注意を向ける人間もいなかった。ときおり、揃いの装備を身につけた警邏《けいら》の人間を見かけたが、アルエットを追ってきたわけではなく、治安を保つために見てまわっているだけのようだ。

常に近くにいるオームの目を盗むのは予想よりも大変で、抜け出そうと決めてからもう三日が過ぎていた。

でも、オームさえやりすごせば、王宮から出るのは難しくなかった。宮殿の中の使用人は本当に少ないのだ。裏手側にあるだろうと見当をつけていた、厨房や洗い場までたどり着くと、使用人の使う小さな門から外に出ることができた。衛兵はひとりいたが、出ていく人間にはさほど注意を払っていないようで、使用人と似たような服装のアルエットも、咎《とが》められることはなかった。

あの日以来、ハイダルとは一度も顔をあわせていない。彼がまだ親方を見つけていませんように、と祈りながら、アルエットはフードの下から、通りにならぶ店々の提げ看板を見つめた。

このあたりは少し品のいい店が並んでいるようだ。ヤズが宿を取るとしたら、もっと細い道に面した、雑然とした雰囲気のところだろう。大通りから脇道へと入り、目についた宿で「ヤズという商人は泊まっていますか？」と尋ねるのを繰り返しているうちに、陽が落ちきって暗くなってきた。

ところどころに灯《とも》されたかがり火のおかげで、あたりは橙色と暗がりの黒がまだらを描き、幻想的な雰囲気だった。涼しく過ごしやすい時間帯だから、裏通りでも歩く人は多い。店先に立った客引きの女性たちは大胆に肌を露出していて、甘い香水のにおいがした。

猥雑《わいざつ》な空気はアルエットにも馴染《なじ》みがある。きっとこのあたりにヤズたちもいるだろう、と少しほっとしたとき、前方から酔った男たちの大きな笑い声が響いてきて、アルエットは反射的に身を縮めた。

酔客《すいきゃく》は苦手だ。酒が入ると、普段は穏やかでも暴言や暴力が増える男がいて、相手をするのが大変になる。彼らの目にとまらないよう足早にすれ違おうとすると、四人連れのひとりが目を留めた。

「なんだ、鳥人じゃないか？」

無造作に肩を掴まれ引き戻されて、ぞっと背筋が冷えた。物を扱う手つきでかぶったフードをむしり取った男が、羽耳ににんまりと笑った。

「やっぱり。隠したつもりだったようだが、飾り羽が見えたんだ」

「珍しいな、フウル族がひとりでこんなところにいるなんて」

「客探しだろう、どうせ歌娼だ。オルニスの首都でも商売をする鳥人はいるってことさ」

そろってアルエットの顔を覗き込んだ男たちは、四人とも大きかった。綺麗な顔じゃないか、と言った小太りな男が、無遠慮に尻を掴んでくる。

「——っ、放して！」

「尻尾が動いてるぞ。揉まれるのが気持ちいいくせに」

身をよじって逃れようとしたが、華奢《きゃしゃ》なフウル族が人間に力でかなうはずもない。もがくアルエットを面白がって眺めた男たちは、乱暴に腕を掴んで引いた。

「来い。酌《しゃく》させてやる」

「いやっ……、僕は人を探してるだけです！」

「そうかそうか、俺たちの相手をしてくれりゃ、あとで手伝ってやってもいいぞ」

がっちりと食い込んだ指が痛い。顔をしかめて必死に抵抗しても、ずるずると引きずられてしまい、アルエットはせめてしゃがみこもうとした。

舌打ちした男が振り返り、怒鳴ろうと口をひらいた直後、ぐえぇ、と潰れた悲鳴があがった。腕を押さえて倒れ込んだのは小太りな男で、一瞬で残りの三人が殺気立つ。倒れた男の後ろには、長身の、黒っぽい服を着た旅人風の男が立っていた。砂漠から来たのか、布を巻いて顔を隠している。

「てめえ、なにしやがる！」

「連れを返してもらいたい」

凄んだ男に臆《おく》した様子もなく、旅人風の男は剣を抜いた。灯火を受けて刀身が輝き、アルエットも息を呑んだ。普通、往来での喧嘩で剣を持ち出す人間はいない。怯んだ男たちは、それでも黙って引き下がれば沽券《こけん》にかかわると思ったのか、大きな声を張り上げた。

「脅せば誰でも言うことをきくと思うなよ。そんなもん出したってなあ――」

「やめろ」

腕を押さえたまま立てない男が、脂汗《あぶらあせ》の浮いた顔を歪めてとめた。

「こいつ、腕折りやがった。鳥人を渡したほうがいい」

でも、と悔しげにアルエットを見た男は、もう一度「渡せって」と促《うなが》されて舌打ちした。

突き離すようにアルエットは放されて、よろめきながら距離を取った。捨て台詞《ぜりふ》を吐きながら、男たちは腕を折られた仲間を助けて去っていく。喧嘩を遠巻きに見物していた通行人たちも、興味をなくしたように散っていった。数秒見送って、アルエットは旅人に目を向けた。

剣はもう収めていたが、酔漢《すいかん》よりも得体が知れない分恐ろしい。じわりと後退ると、彼は顔を覆った布を外した。

「おまえはきっと抜け出すだろうと思っていたが、親方とやらの居場所を知らないとは思わなかったな」

「──陛、」

陛下、と口走りかけて、アルエットは慌てて周囲を見回した。供や護衛らしき人は見当たらない。どうやらハイダルは、ひとりで変装して出てきたらしい。

ハイダルは近づいてくるとアルエットの腕を取った。はっとして、アルエットは振り払おうと身をよじった。

「放してください！」

「放してもいいが、俺から逃げると弟に会えないかもしれないぞ？　一緒に来たほうがいい」

「僕は弟を──、え？」

ユーエを探したいだけです、と言おうとしたアルエットはぽかんと口を開けた。

「……あの、怒って、ないんですか？」

アルエットは勝手に、こっそりと抜け出してきたのだ。ハイダルはうっすら笑みを浮かべた。

「もともと、おまえが抜け出すなら道案内に使おうと思って、自由にさせろと言っておいたんだ。使用人の通用門を通るとき、咎められなかっただろう？」

うまく羽耳と尾羽を隠せたからだと思っていたが、普通に見破られていたらしい。がっかりしたような、ほっとしたような微妙な気分でため息をつくと、ハイダルはアルエットの腕を掴み直した。

「おまえが脱出に手こずったから、俺のほうが先に親方たちを見つけた」

「えっ、じゃあ、もう捕まえてしまったんですか？」

遅かったのか、と焦りかけたが、ハイダルは首を横に振った。

「まだだ。少し気になることがあってな。明日にでも捕らえるつもりだったが、おまえが出てきたなら、今日すませてしまおう」

ハイダルは「こっちだ」とアルエットの腕を引いた。抗《あらが》うか従うか迷って、アルエットは結局、彼の後ろに従った。ひとりで尋ねて回るより、すでに見つけたという彼についていくほうが早い。弟は隙を見て逃すしかないだろう。隙があるかどうかは不安だけれど。

（……あんな諍《いさか》いくらいで剣を抜くなんて――）

もし男たちが歯向かっていたら、斬ったのだろうか。一人は腕を折られたと言っていた。助けるためにそこまでしなくてもいいのに、とアルエットは思う。

優しいのか恐ろしいのか、寛容なのかそうでないのか。アルエットには、ハイダルという男が謎めいて感じられ、どういう人間なのか判断がつかなかった。

（親方たちのところに行って、問答無用で斬り殺したりはしませんように）

祈るようにそう思うアルエットを連れ、さらに細い路地へと入っていくハイダルは慣れた様子だった。急いでいるようには見えないのに、背が高いからか進むのが速い。

共同水甕《みずがめ》を置いた小さな広場を抜けた先はいっそう猥雑な匂いと雰囲気の小道で、手入れされていない外観の安宿と娼館が並んでいる。そのうちのひとつの宿の中庭へと入り込み、木陰に身を隠したハイダルは、明かりの漏れるくり抜き窓を指差した。

「あそこだ」

小声で囁かれるのと同時に、見知った顔の男が窓辺を横切った。ヤズがいつもそばに置いている、用心棒の男だ。三つ並んだ窓はひとつの広い部屋のもののようで、用心棒以外にも、ちらちらと人が動くのが明かりの揺れでわかった。にぶく聞こえてくる声は聞き慣れたものだ。

「おまえの言う親方たちに間違いないか？」

「はい。間違いないと思いますけど——声が、もう少しはっきり聞こえないと」

玻璃のない窓だが、壁が厚いからか、離れていると不明瞭にしか音が聞こえない。アルエットは確かめるべく、そっと忍び寄って、窓の下にぴったりと身体を寄せた。

「たいして期待していたわけじゃない。うまくいけば儲けもんだと思ってただけだ」

鷹揚《おうよう》ぶった声が、窓下からははっきりと聞こえた。ヤズだ。それでしたらいいのですが、と申し訳なさそうなのは、アルエットを王宮まで連れていった商人だ。よくやったよ、とヤズは笑った。

「大事なのはあのいけすかない王がフウル族を抱くことだ。可愛がってもらうために、とっておきの美人を贈ってやったのさ。例のお方が、オルニスを攻めるのに口実がほしいと言うから仕方なくだ」

お坊ちゃんだからな、と笑うと、周囲から手下たちの笑い声がどっと湧いた。ひとしきり笑って落ち着くと、誰かが満足そうなうめき声を出す。

「よかったな。おまえの兄も今ごろせっせとご奉仕に励んでるぞ。負けないようにしっかりしゃぶりな」

ざわっ、と全身の毛が逆立った。返事の代わりに、んぅ、というくぐもった声だけが聞こえ、目の前が暗くなっていく。

（——嘘）

「見ろ、尻と尾羽が動いてる。しゃぶると突っ込まれたくなるのは兄弟同じだな」

「おい、なるべく使うな。あの方は無垢《むく》なのが好きだから、後ろの経験はないと言ってあるんだ」

手下をたしなめたヤズが、ねっとりと言った。

「しっかり喉まで使いな、ユーエ。おまえは兄より従順で、従うべき相手を知っているのが長所なんだからな」

下卑《げび》た笑い声が響く。アルエットはいてもたってもいられずに立ち上がった。窓から室内を覗き込む。護衛の男が振り返ったが、アルエットの目には、奥で膝をついた弟の姿しか入らなかった。裸だ。座って膝をひらいた男の脚のあいだで、前後に頭を動かして——口で、くわえている。

アルエットと同じ薄茶の髪、青と白の羽耳、同色の尾羽。

「おまえ——」

血相を変えた護衛が剣に手をかける。同時に、アルエットの羽耳の横を、ひゅっと黒い塊《かたまり》が通りすぎた。

ハイダルが窓から飛び込んだのだ、と認識したときには、護衛はすでに床に倒れ込んでいた。長い剣がためらいなく振り下ろされ、武器を取ろうとしたヤズの腕を切り裂く。怒声と罵声《ばせい》。喚《わめ》いてすごむ手下たちが滑稽なほど、ハイダルは落ち着いていた。ただ、まとう空気には鋭さがある。逆らう者がいれば殺すことをためらわない冷徹さが、背中だけ見ても感じられた。

怪我した腕を押さえてヤズが下がる。ハイダルは二人がかりで襲いかかった男たちをなんなく斬り伏せ、残りの二人とは一、二合打ちあって退《しりぞ》ける。

そのあいだに逃げようと廊下へ向かった旅商の男は、怯えたように尻餅をついた。廊下にはひとり、ハイダルの部下が待機していたようだ。旅商を追いつめて室内に入ってくると、手早く縄をかけた。だがその隙に、ヤズは窓から逃げ出してしまった。

「あいつは追わなくていい」

追おうとした部下を制して、ハイダルが剣を収めた。

乱闘——とも呼べないほどの、一方的な展開を呆然と見ていたアルエットは、ヤズの手下たちが捕らえられてようやく、我に返って窓をよじ登った。

「ユーエ！」

驚いて座り込んでいる弟に駆け寄る。兄さん、と目を丸くした彼を抱きしめ、アルエットは言葉が出なかった。

ユーエは身体を売ったことがないと思っていた。そういう約束で、アルエットが働いていたからだ。一緒に酒場に立たされたことはなく、何人もに抱かれて朝方戻れば、ユーエはいつも申し訳なさそうに出迎えてくれた。「いつも兄さんばかり、ごめんね」と口癖のように謝られて、兄なのだから当然だと頭を撫でてやって——ユーエだけは、踏み躙《にじ》られていないと信じていたのに。

さっき見たばかりの光景が、脳裏には焼きついている。口淫《こういん》をする仕草は、明らかに慣れた者のそれだった。

震えるアルエットの背中を、ユーエが抱きしめ返した。

「兄さん、無事でよかった」

「――ユーエ」

「もう会えないと思ってたから、ほんとに嬉しい。でも……ごめんね。がっかりさせちゃったよね。兄さんにだけつらい思いをさせるより、ぼくも親方の言うことをきいたほうが、少しでも待遇をよくしてもらえるかと思って――怒ってる？」

「ユーエ」

寂しげに微笑む弟に、違う、と言いたかった。怒ってない。落胆したのは自分にだ。あの親方が約束を守ってくれると信じていた、己の愚かさが悔しい。ユーエはなにも悪くない、と言うかわりにもう一度抱きしめると、ぱさりと服が投げられた。

「おまえも服を着ろ。縄は打たないでやるが、話は聞く」

「弟はなにも知りません！」

ハイダルを振り仰ぐと、彼はごく冷ややかにユーエを一瞥《いちべつ》した。

「見る限り、おまえよりは弟のほうが事情を知っていそうだ。ヤズという男に、自分から進んで協力していたとしても、俺は驚かない」

「そんなわけないでしょう！」

「弟が男の相手をしていたことも知らなかったのに、断言するのか？」

ぐっと返答につまる。ハイダルは踵を返した。

「おまえと俺と、どちらが正しいかはユーエに話を聞けばわかることだ。罪人扱いしないだけでもありがたく思え」

でも、と言い募ろうとして、アルエットはユーエに袖を引かれて振り返った。弟は服を拾って羽織《はお》りながら、首を横に振った。

「ぼくなら大丈夫。親方を捕まえるなら、ハイダル王は悪人じゃないよ、きっと」

「――ユーエ」

「それにぼく、牢に入れられて、もうどこにも行けないとしても、兄さんと一緒なら平気。王様にご奉仕するのでも、べつにかまわないよ。王宮にいられるなら、親方に働かされるのより楽そうだもの」

ね、と首をかしげる仕草は無邪気なほどで、アルエットは寂しい気分でユーエを見つめた。気弱げな雰囲気は変わらないのに、なんだか別人のようだ。けれど、アルエットの手を握りしめてくる手はあたたかくて優しかった。

「ぼくも、ずうっと兄さんを助けてあげたいって思ってたんだ。離れ離れになって、後悔した。守ってくれる兄さんに甘えるだけじゃなくて、ぼくがどうしたいかもちゃんと言えばよかったって。ぼくはまだ一人前とは言えないけど、これからは、もう少し頼ってね」

「ユーエ……、ありがとう」

涙が滲《にじ》みかけた。幼いとばかり思っていた弟も、いつのまにかこんなに大きくなったのだ。

（もっとちゃんと、守ってあげられたらよかった）

きっと頼りない兄だったのだろう、と思うと申し訳なくて、アルエットはユーエの服の帯を、丁寧に結んでやった。


王宮に戻ると、アルエットとユーエは引き離された。アルエットは与えられた後宮の部屋で眠れないまま過ごし、翌日、ハイダルに呼び出されたのは昼前のことだった。

王宮の後庭《こうてい》で待っていたハイダルの後ろにはユーエがいた。ほどなく衛兵が、ヤズの手下をひとり引き立ててくる。衛兵は憮然《ぶぜん》とした表情の手下の袖を捲《めく》り上げ、上腕に入った刺青《いれずみ》を見せた。

「この刺青は、ほかのヤズの手下や知り合いもしていなかったか？」

稲妻と、黒い短剣を組み合わせた意匠だ。いかつい男たちが好みそうな柄で、そういえば、とアルエットは思い返した。

「手下は、している人が多かったかもしれません」

昼は陽射しがきつく、夜は冷え込むため、日常的に腕を露出して歩く者は少ない。閨《ねや》や風呂で裸にならない限りは見る機会がないし、アルエットは仕事や雑用をする時間が長かったから、ヤズの手下たちと過ごすことはほとんどなかった。それでも、七年も一緒に旅をしてきたので、幾度か見たことはある。ユーエも頷いた。

「手下はある程度の立場なら、全員していました。見たことがあります。ぼくは兄と違って、客を取らされないかわりに、旅団の人間の処理係だったので」

さらりと悲しい単語を言われ、アルエットはしょんぼりと羽耳を下げた。

（なんでわからなかったんだろう……）

ユーエがどんな目にあっているか、何年も気づかなかったなんて、あまりにも鈍《にぶ》すぎる。

「では間違いないな」

ハイダルは目線で合図し、ヤズの手下を連れた衛兵を下がらせた。近くの部屋へとアルエットたちを連れていき、テーブルを囲む椅子をさし示す。テーブルの上には、筒状に丸めたパピルス紙が置いてあった。

「座りなさい。おまえたちに話を聞くだけでなく、俺からも少し説明をしたほうがいいようだ」

はい、と応《こた》えたユーエは落ち着いているようだった。

「さきほど見せた刺青は、『闇鋼《やみはがね》』に属する者の証《あかし》だ。闇鋼を知っているか？」

アルエットはユーエと顔を見あわせた。自分は聞いたことがないが、弟はどうだろう、と思ったのだが、彼も首を横に振る。

「いいえ、聞いたことがないです」

「ほとんど口にされることのない名称だから無理もない。傭兵として戦に参加することもあるが、主には商人を名乗って各地を動き回り、略奪をしたり、悪巧《わるだく》みをする人間に与《くみ》して治安を乱したりする、要はならず者の集団だ。闇鋼に属する者かどうかは、互いに腕に入れた、あの刺青が目印になっている。手下が刺青をしていたなら、ヤズも一味と考えて間違いない」

アルエットは再度ユーエと顔を見合わせた。たしかに、ヤズは旅商だ。各地を旅して商《あきな》いをするのが、「闇鋼」の隠れ蓑《みの》だというなら、あてはまる。

ハイダルは大きなパピルス紙を広げた。砂漠の西側、オルニス国やバラーキート国を含めた、いくつもの国が描かれた地図だ。

「彼らの活動範囲は広い。オルニスがもともと、このあたりの小国だったのは知っているな？」

指し示された、地図上の南東にある城の印を、アルエットはじっと見つめた。

「はい。砂漠の中に塩水の湖があって、その水を使って塩田《えんでん》を作っていたんですよね」

「そうだ。過酷な仕事だが、塩は生きていくうえでなくてはならない。おかげで売れれば金になって、作物の育ちにくい土地でもどうにか生きていけた。六十年前までは、ビルカ小国群のひとつのような本当に小さい国だったが、塩田を狙う周辺の国との小競《こぜ》り合いが続いていて、それを俺の祖父が制して国土を広げた。――そのころから、闇鋼の連中はすでに傭兵にまぎれていたようだ。彼らの元は、砂漠の街道で旅商を襲う、賊の一味なんだ」

「でも、親方は旅商です。だったら闇鋼とは敵対関係にありますよね？」

「旅商でも悪いやつはいるだろう。賊に逆らうより手を組めば、ほかの旅商から奪った荷をさばくこともできると気づいて、闇鋼の仲間になる旅商も出てきた。そうやって規模を大きくして、ときには村や街を襲って略奪をして、戦を仕組んでは物資や武器を売って儲けるんだ。六十年かけて、闇鋼はどこの国も無視できないほど、凶暴で巨大な集団になった。といっても、ルド・フウラの戦いのときに我が軍が多くを始末したから、今はかなり数を減らしているはずだが」

「大きな集団なら、フウルの国でも聞いたことがあってもおかしくないと思うんですけど」

ユーエが思案げに左手を顎に添え、地図の中ほど、木と小さな湖が描かれたところを指差した。

「フウルの国はここですよね？　砂漠からは少し離れていますし、位置も昔のオルニス国よりずっと北ですが、どこの国も無視できないというなら、このあたりにもやつらが出没していたということでしょう？　でも、一度もその名前は聞いたことがないです。……ぼくたちが、子供だったからかもしれないけど」

「闇鋼の厄介なところは、いくつもの小さな集団にわかれていることだ。それぞれの集団が、それぞれに略奪や暗殺、富豪の私兵などの仕事をこなしているんだ。公《おおやけ》の場で名乗ることはなく、表向きはごく目立たない。彼らを雇うような人間にだけ、自分たちがどういう集団かを名前と一緒に明かすらしい。おそらくはヤズも、ひとつの集団を率いる立場だと思う。独立した兵団のようなものだが、連絡は取りあっているはずだ。彼のもとに、兵士風の男や武器を持った人間が会いにきていなかったか？」

「訪ねてくる人は多かったですけど――」

旅のあいだやヤズが家を持っている街では、食事の支度はアルエットの仕事のひとつだったから、よく「今日は二人分多く用意しろ」などと命令されていた。幾晩か一緒に過ごす男もいて、そのときは洗濯をするのもアルエットの役目だった。買い出しや外へのお使いはほかの使奴がするかわり、旅団の中での雑事はなんでもやらされたのだ。

「でも、略奪とかは、していませんでした」

がめついし粗暴ではあったけれど、泊まった村で暴力を振るったり、ものを奪ったりしているのを見たことはない。そんなことがあれば、アルエットだって気づいたはずだ。

ハイダルはアルエットの顔を見てかるく頷いた。

「ヤズは闇鋼の中でも立場が上のようだ。契約をする相手と直接会っているようなことを、昨晩口にしていたからな。王宮におまえを連れてきた旅商にも命令できるなら、汚れ仕事は手下にやらせていたのだろう。だが、組織の一番上というわけでもなさそうだ」

「――そういえば、ヤズは出かけることも多かったです。訪ねてくる客には偉そうにしていたから、自分より立場が上の人間に会うときは、外に出かけていたのかも」

記憶を辿《たど》るように、ユーエが目を細めた。

「手紙もよくやりとりしていました。旅商だから当然だと思っていたけど、よく考えると多かったような気もするし、いつも差出人の名前がないから、ちょっと変だなとは思ってたんです」

ユーエはそう言うと微笑んだ。

「どうせなら盗み読みしておけばよかったですね。ヤズは、アルエ兄さんが文字を読めると知っていたから、手紙には絶対触らせなかったけど、ぼくは読めないと思って、少し油断していたみたいだから」

「読めるのか？」

「はい。国がなくなるまでは共通語を勉強していたし、ヤズのもとで暮らすようになってからも、兄さんが仕事のあいまに知らない単語を教えてくれて、忘れないように練習しておくんだよって言ってくれたから――兄はなんでも、自分のことは後回しで尽くしてくれました。夜通し仕事で疲れてふらふらになっていても、必ずぼくのことを気にかけてくれるんです。昔も、今も」

誇らしげな視線をユーエから向けられて、アルエットは胸が熱くなった。ユーエにしてあげられたことはごくわずかなのに、感謝してくれる弟の優しさが嬉しく、同時に申し訳なかった。

ユーエはハイダルに視線を戻すと、凛《りん》とした表情になった。

「兄のおかげで、酒場で働かされることもなかったから、旅団の中では自由にできる時間も多かったんです。だから、売り荷の中身を見たこともある。たしかにヤズは、武器も運んでいました。武器はもちろん、街の市場で売るんじゃなくて、取りに来た男に渡すんです。何回か、見たことがあります。――どこの国の人かまでは、わかりませんでしたけど」

「十分だ」

アルエットも納得するしかなかった。がめついだけの普通の旅商だと思っていたヤズは、もっと悪い、山賊のような人間だったのだ。

悪辣《あくらつ》なやつだ、と受け入れてしまえば、いくつもあやしかった点が思い起こされる。扱う荷はけっして高価なものではないのに、宿に泊まるときはいつも、安宿に不似合いな豪勢な食べ物や上等な酒を持ってこさせていたこと。横柄にもかかわらず、手下たちが従順だったこと。よその旅商にも恐れられている様子だったこと。あちこちで、豪族や貴族ともつきあいがあるらしいこと。

ハイダルは再び地図を指さした。

「二十年ほど前から、闇鋼が特に懇意にしているのはバラーキート国だ」

簡略化された地図で見ても、バラーキート国は砂漠のふちの国々の中では大国だ。

領土を広げたオルニス国とほぼ同じだけの広さを持ち、砂漠からは最も離れていて、西側には高くつらなる山脈がある。山脈の向こうは巨大な帝国だが、山に阻《はば》まれて兵が攻めてきたことはなかった。地形に守られているだけでなく、水源も、木々も、穀物の育つ土もある。豊かさの面でも、バラーキートは大国なのだった。

「古くは自分たちの土地を守れればいい、という姿勢だったが、オルニス国が領土を広げてしまったのが、彼らを刺激した。もとは塩田しか資源のない貧しい国が領土を拡大すれば、自分たちのところにも攻め入ってくるかもしれない、と思うのが普通だ。対抗するには今よりも国力が必要だと考えたんだろう。南や北の小国を征服し、次に目をつけたのがフウルの土地だった。正確には、湖だ」

「でも、水なら、バラーキートにもたくさんあるのに」

フウルの湖はたしかにとても美しい。魚が豊富に獲れ、湖畔では葡萄をはじめ果樹が育ち、自分たちが食べるには十分な穀物もとれる。でも、緑が多く山の恵みのあるバラーキートのほうが、ずっと豊かで暮らしやすいはずだ。

「自分たちのために水がほしいんじゃない。フウルの湖の水を必要とする土地がある以上、水源を押さえればいくらでも儲けられるし、それに湖底からは金鉱石が出るだろう？」

「……それは、だめです！」

ぞっとしてアルエットは立ち上がった。

「金はたしかに眠っています。でも、湖は掘り返してはいけないんです。毒が湧いて、魚は死んでしまうし、水もしばらく飲めなくなってしまう。はるか昔に禁をおかした者がいて、フウル族は死に絶えかけたという言い伝えがあって、だから誰も掘ってはいけないと決まっているんです」

バラーキート国に狙われていたというのも恐ろしいが、今はハイダル王がその湖も支配しているのだ。やめてください、とアルエットは声を震わせた。

「湖には、触らないで」

「無論、我が国では掘り返したりはしない」

ハイダルは視線をやわらげ、立ち尽くしたアルエットを見つめた。

「その伝承はほかのフウル族からも聞いた。湖の水が使えなくなれば、近くの民はみんな干からびてしまう。——だが、バラーキート国の人間には関係ない。毒で水が使えなくなろうが、涸《か》れようが困らないんだ。金鉱石が手に入れば国が裕福になるし、武力で領土を広げなくても、フウルの湖の水を頼りにしていた土地は支配できたも同然だ。鳥人は狼や虎の獣人と違い、穏やかで優しい種族だから統治するのも楽だし、邪魔なら殺すのも難しくない」

ぞっと背筋が冷たくなった。自分たちの土地が、そうして自分たち自身が、まるで物のように考えられていることが恐ろしかった。

「長いこと、フウルの国は小さいが、緩衝材《かんしょうざい》の役割を果たしてきた。バラーキート国にとっては東からほかの国が攻めてくるときの盾になるし、東側の国にとっては、バラーキート国が攻めてきたときの盾になる。東側から見れば、どこかの国が独占するより、フウル族のように争いを好まない民が湖を守ってくれているほうが平穏でいい、というのもあった。フウル族なら、湖から流れる川の水も自分たちのものだ、などと言い出さずに、気前よく使わせてくれるからな。バラーキートもその均衡を崩すのは迷ったはずだが、結局は国力を増す決断をした。とはいえ、直接国の軍隊がフウル族を攻めては、危機感を持ったほかの国に同盟を組んで反撃されるかもしれない。おそらくはそう考えて、闇鋼を使ったんだ」

アルエットの脳裏に、あのときの光景が蘇った。燃える火と悲鳴。壊される建物、裂ける木々。黒い鎧。

同時に、先日ハイダルに言われた言葉も蘇る。彼はたしか、言ったのだ。あの鎧はオルニス国の兵士のものではなく、オルニスのものに似せた傭兵のものだと。

「オルニス国軍になりすました闇鋼にフウル族を襲わせ、バラーキート国はフウル族を助けるという名目で兵を動かす。いずれ嘘はばれるだろうが、一時的には、反感を持たれずにフウルの土地が手に入ると踏んだんだろう」

淡々と説明するハイダルの言葉の続きを、もう聞きたくなかった。いっそ耳を塞いでしまいたいのに、動くこともできずに、ハイダルの声は容赦なく続いた。

「フウルの土地をバラーキートに奪われるのは、我が国としても困る。向こうが国力を増して攻めてくれば応戦しなければならないが、大国同士、犠牲も多くならざるを得ない。土地も荒れるから、できれば避けたい。そのために、バラーキートとはよき国交を築けるよう尽力していたところだった。逆に、闇鋼は戦争になったほうがいい。略奪も楽だし旅商の仕事でも荷の値を上げられるし、武器だって売れる。意図的に緊張状態を仕組んでいるような動きもあったから、やつらの動向には注意していた。それでフウル族が襲われそうだというのもわかったんだが、闇鋼は分散されて動きも目的も読みにくい。結局は連中が襲いかかるのには間に合わなくて、到着したときにはすでに破壊と殺戮《さつりく》がはじまっていた」

「じゃあ、ぼくらを……両親を殺したのも、闇鋼なんですか？」

ユーエの問いに、ハイダルが頷く。咄嗟《とっさ》に目をつむったけれど、苦いハイダルの表情が目に焼きついた。

「バラーキート国の軍は退けたたし、参加した闇鋼は大部分を始末した。だが、フウル族は殺されるか散り散りになってしまったのだから、いい戦果とはいえない。――だから、おまえたち二人には、俺を責める権利がある。親の仇だというなら、甘んじて誹《そし》りを受けよう」

「……やめてください」

震える腕で身体を抱きしめても、寒気と絶望感は薄まらなかった。アルエットは目を閉じたまま膝を折った。せめて泣くまい、とこらえながら顔を覆う。

「やめてください――自分が悪いわけじゃないって、知っているくせに、口先だけでそんなことを言わないで」

声がひしゃげて歪む。逃げて、とアルエットを押した母の手の感触が、背中を焼くように感じられた。ユーエをよろしくね、と言われたのに。

（僕は、なんてことを――）

悪いのは闇鋼で、彼らがフウルの土地も人々もめちゃくちゃにして、アルエットたちの平和な日々を奪ったのに、ヤズが彼らの一味だった。

それは、アルエットがなにも知らずに、家族や仲間を殺した人間の言いなりになってきた、ということだ。怒鳴られ、虐《しいた》げられ、身体を売って働いて、その金も全部巻き上げられて、弟の身まで汚されて。

「全部、僕のせいだ」

「兄さん」

椅子から下りたユーエが、背中をさすってくれた。

「兄さんのせいじゃないよ。ほかにどうしようもなかったもの。ヤズに捕まらなかったとしても、ほかの旅商とか、闇鋼の連中に見つかって、もっとひどい目にあうだけだったと思う。ぼくは兄さんがいてくれたから、一度も寂しいって思わずにすんだ。それだけでも幸せだよ」

「ユーエの言うとおりだ」

かたんと椅子が鳴って、ハイダルも立ち上がったようだった。彼はすぐにアルエットの横に片膝をついた。

「ヤズは闇鋼の中でもそれなりの地位だ。だからおまえを、いずれ使えるかもしれないと考えて生かしておく判断もできたんだ。下手をすれば見つかった時点で殺されてもおかしくはない。おまえたちが送ってきた生活も苦しかっただろうから、幸運だとは言えないが、自分を責めて後悔することはない」

思いがけず、静かで労わりに満ちた声だった。慰められればいっそう悔しさが増して、アルエットは顔を押さえたままかぶりを振った。

「でも、あなただって言ったじゃないですか。僕が、愚かだって」

「言った。だが、おまえを愚かに仕立て上げたのはヤズだ。まだ子供のおまえをこき使い、肉体を虐げ、考えるだけの余裕も奪って、一方的に嘘を教え込む。大切な弟を人質に取れば言いなりになるとわかっていたから、彼はユーエも殺したり売ったりしなかったんだ。——きつい言い方に聞こえたなら謝る。おまえを責めたわけではない。憎いなら、処刑には立ち合わせてやる」

「……いりません」

ぞっと背筋が冷たくなった。残酷な場面を見たくないのはもちろんだが、見たところで、この後悔が消えないことはわかっている。

「僕はただ、後悔しているだけです」

「後悔？」

「だって、いつもいつも、こうするしかないって諦めて選んできたことが、全部間違っていたんです。もし僕が、もっと強かったら、賢かったら――できることがもっとあったら、こんなことにならなかったかもしれないのに」

絞り出した言葉は、ハイダルに向けてというより、己へのものだった。価値もなく無力なだけの自分。

「……もし憎んでいるとしたら、僕自身をです」

身体も声も震えている。とめようと腕を掴むと、ハイダルの手がアルエットの顎を掬い上げた。なにか言いかけ、ハイダルははっとしたように目を見ひらいた。

「泣いているのか」

あたたかな親指が頬を拭い、そうされて初めて、涙がこぼれていたことに気づいた。悔しさと、やるせなさと、申し訳なさが渦巻く。熱い涙がまた目尻から伝い、ハイダルは困ったように「泣くな」と言った。

「その状況でも、おまえは清廉《せいれん》さを失わなかったじゃないか。命じられても殺すことをためい、礼も言えるし、横暴に振る舞うことがない。ジャダーロがなついたのも、オームがおまえに好意的なのも、それだけおまえの人となりがいいからだ」

ハイダルはぎこちなくもう一度頬を拭い、濡れたアルエットの瞳を覗き込んでくる。

「自分の正しい心根だけでなく、弟のことも守った。正直、おまえの話を聞くかぎりでは、弟のほうが悪に染まって、ヤズに加担していてもおかしくないと思っていたが」

ハイダルがユーエを一瞥し、アルエットもつられて弟に目を向けた。ユーエは安心させるように、アルエットに微笑みかけてくる。

「ぼくは兄さんが思うほどいい子じゃないかもしれないけど、兄さんをがっかりさせるようなことは、絶対にしないよ」

「ユーエ……」

笑顔は大人びていて、おとなしくて気弱なだけにはもう見えない。頼もしく感じられるのは嬉しいけれど、安堵して笑顔を返すことは、アルエットにはできなかった。どんなに二人に慰められても、事実は変わらないのだ。

(僕は、間違えた)

「彼が考えることも、兄を敬うことも、愛することも知っているのは、おまえが頑張ってきたからだ。――立ちなさい」

先に立ち上がったハイダルは、アルエットの腕を取って立たせてくれる。彼はユーエとアルエットを、等分に見据えた。

「ヤズは泳がせてある。彼にとって、手下とおまえたちが俺に捕まったということは、自分たちの正体が闇鋼だと知られるということだ。闇鋼か、闇鋼に依頼した何者かがオルニス国を狙っていることも、ばれてしまうとわかっているだろう。対策を練るために、近いうちにもっと地位の高い闇鋼の人間か、バラーキート国の者と接触するはずだ」

「だから、わざと追わなかったんですね」

　ユーエが納得したように呟いた。

「ああ。この機会に、なるべく多くの闇鋼を捕らえたいと考えている。だが弱体化した分、彼らも生き残ろうと必死だ。おまえたちも闇鋼に狙われる危険性が高い。しばらくは王宮で過ごしてもらう」

「はい。ありがとうございます」

　答えながら、ユーエがアルエットの背中に手を添えた。それを見て、ハイダルは言った。

「俺にも弟がいる。まだ幼いが、よければ二人は、あいつの遊び相手になってやってくれ」

　ぽん、と頭に手が乗せられた。ハイダルはじっとアルエットを見つめ、半ば独り言のように呟いた。

「おまえは、泣いても美しいな」

「――え？」

「見ると、なにか不思議な気分になる」

　彼はすぐに背を向けてしまい、アルエットはぼうっと見送った。

（……美しい？）

　どうしてそんなことを言われるんだろう。愚かで、自分でもいやになるくらい役立たずなのに。

過ちだらけの七年を過ごした自分を形容するなら、「美しい」じゃない。

（僕は、みじめだ）

弱くてみじめなんだ、と思うとまた涙がこぼれて、アルエットはユーエに抱きついた。

「ごめんね、ユーエ」

ユーエは黙ったまま、けれどしっかりと抱きしめ返してくれた。

——この過ちを、どうやって償えばいいだろう。


夕刻の、涼しくなってきた庭に笑い声が響く。日差しはかなり傾いたが、まだ十分に明るい。昼に降った雨のなごりが、草葉に小さな滴《しずく》になっていた。

「もっとつよく！　もっとはやくてもおれはへいきだぞ！」

「あんまり勢いをつけすぎると、ひっくり返っちゃいますよ」

「へいきだ！　ジャダーロさまはつよいんだ！」

木の梢《こずえ》に縄を結んで作ったブランコに乗ったジャダーロの背中を、ユーエが押しているのだった。もう少しだけですよ、とユーエが笑って大きく押し出してやると、ジャダーロは足を揺らして興奮した声を出した。顔は赤くなって、ひどく楽しそうだ。自分でお尻をゆすってス

ピードを上げると、ぱっと手を離す。空中に飛び出した彼は、羽ばたくように両手をばたばたと動かした。

「ジャダーロ様！」

地面に着地——というか、転んだジャダーロに、ユーエが慌てて駆け寄る。すぐに立ち上がったジャダーロがにんまりした。露《つゆ》で手や膝は汚れているが、怪我はなさそうだ。

「どうだ、とりみたいにとんで見えただろう？」

「危ないですよ、もう。怪我したら、ぼくも怒られます」

「おこられることなんか気にしてたらあそべないだろう」

自分より倍以上も年上のユーエに呆れたような表情を浮かべてみせたジャダーロは、すぐにぎゅっとユーエに抱きついた。

「ユーエは？　ちょうじんというのは、とべないのか？」

「飛べませんよ。翼がないですから」

「おれがちょうじんだったら、ぜったいそらをとびたい！」

かっこいいからな、とジャダーロが胸を張り、ユーエは優しい顔をした。弟がもうひとりできたみたい、とアルエットも小さく笑みを浮かべかけ、すぐに顔を曇らせた。

ユーエと再会できてから十日。ハイダルはアルエットたちに処罰を下すことなく、後宮の部屋を使わせてくれている。王宮から出ることはできないが、こうして庭に出ることはできるし、王弟であるジャダーロと一緒に過ごすこともできるから、破格の待遇だった。

ユーエが罪に問われないのはありがたいけれど、アルエットにとってはおさまりの悪い、落ち着かない十日間だった。ハイダルにはなにも言われていないから、たぶん保留されている状態なのだろう。王というのは、アルエットが考えていたよりもずっと忙しい身分のようで、この十日、一度も彼とは顔をあわせていない。多忙ならば仕方ない、と思う一方で、早く刑が決まってほしい、という気持ちもあった。

それだけの罪を犯したのだし、なによりアルエット自身が、自分を許せそうにない。じゃれつくジャダーロをあやしてやるユーエから視線を逸らし、小さくため息をつく。と、後ろからかすかな足音がした。

どきりとして振り返ると、ハイダルが立っていて、怪訝そうに首をかしげられる。

「どうした、そんなに驚いて」

「すみません——急に足音がしたので」

もしかしたら、オーム以外の使用人かもしれないと思ったのだ。ジャダーロの世話を任されているミラという侍女をはじめ、幾人かの使用人からは、アルエットは相変わらず敬遠されていた。彼らは、ユーエがジャダーロと遊ぶのも、あまり快く思っていない。理由を聞いて、アルエットは自分のしたことをいっそう後悔した。

「あの……すみませんでした」

深く頭を下げると、ハイダルは困惑したようだった。

「どうした、急に」

「数日前に、ミラさんから聞いたんです。ハイダル様が、七年前からずっとフウル族を保護してくださってるって。湖のそばで、家を建て直したり、果樹の世話をしたりできるように、援助してくださってるんですよね。――なのに僕は、仇と間違えて殺そうとしたり、守ってほしいなんて頼んでないと言ったりしてしまって……」

「そんなことを気にしていたのか」

かるく笑ったハイダルが、アルエットの肩に触れてきた。

「顔を上げろ、謝らなくていい。俺は気にしていないから」

「でも――」

「詫《わ》びたいなら、休憩につきあってくれればいい。弟たちはまだまだ遊びたそうだからな」

ハイダルは微笑を浮かべてジャダーロたちに目を向ける。つられてアルエットも弟を振り返り、飽きずにまたブランコに乗りはじめたのを見て、胸が熱くなるのを覚えた。

遊ぶユーエなんて、久しぶりに見た。ひとついいことがあるとすれば、弟が虐げられることなく、のんびり過ごせる時間を持たせてやれたことだ。

ジャダーロとユーエの笑い声が重なって響いた。幸福な光景を穏やかな眼差しでしばし見守ったハイダルは、踵を返すと建物の中へと入っていく。後ろに従って室内に入ると、外の光が入る位置にテーブルが置かれ、お茶と葡萄、それに酒が用意されていた。オームの姿はない。

「夕食の支度の時間だからな、オームにも厨房を手伝ってもらっている」

ハイダルは座ると自ら酒を杯にそそぐ。飲むか、と聞かれて、アルエットは首を横に振った。かわりにお茶をいれて、迷ったあげくにハイダルの向かいの椅子に腰を下ろした。

「足取りを追わせていたヤズはやはりバラーキート国に入った。接触したのはガミル王子だ」

葡萄の皿をアルエットのほうに押しやって、ハイダルは淡々と言った。アルエットは驚いて目をみはった。

「王子って……王様の息子が、ヤズと組んでいたということですか？」

「そうなるな。ヤズや旅団の人間から、ガミル王子の名前を聞いたことはないか？」

「――なかった、と思います。名前を言わずに、さるお方とか、あの方と呼ぶ人はいましたけど」

アルエットは膝の上で両手を握りあわせた。ヤズの濁《にご》った目や威圧的な態度を思い出すと、悔しさといたたまれなさで身を縮めたくなる。

「僕に……ハイダル様はフウル族の仇だから殺してこいって命令したのも、とある偉い方がフウル族を憐れんでくださったからだって、言われたんです。もしかしたら、その偉い人が、ガミル王子かもしれないってことですよね？」

「そうなるな」

隣国の王子に命を狙われたというのに、ハイダルは知っていたかのように落ち着いていた。

「ガミル王子がいかにも考えそうなことだ。自分を賢いと思っていて、あれこれと策を弄《ろう》したがる。——おまえは、バラーキート国に行ったことはあるか？」

「はい、何度か。でも、王子のことはなにも知らないんです」

昼間出歩くことは許されていなかったが、酒場でだって噂話くらいする者はいただろう。けれど、思い返そうとしても、どの夜のことも半分霧がかかったように曖昧だ。

「……僕、全然お役に立ててませんね」

「気にするな。今聞いたのは、ガミル王子がおまえのことを知っているようだから、もしかしてと思っただけだ。彼から手紙が送られてきてな」

「手紙？　お知り合いなんですか？」

アルエットはもう一度びっくりした。ガミル王子は、知人なのにハイダルを殺そうとしたのだろうか。

「会ったことはある。戦を避けたいから、国交を築こうとしていると話しただろう？　それでバラーキート国王とは何度か顔をあわせていて、ガミル王子も同席していたんだ。ガミルは第一王子で、次期国王だ」

「じゃあ、ガミル王子は、国王がハイダル様と約束事を取り決めようとしているのに、殺そうとしたっていうことですか？」

「よくあることだ。表向きは友好的なふりをして、裏では虎視眈々《こしたんたん》と狙う。バラーキート国王は特に、由緒正しい王家であり国であるという自尊心が強いから、戦は気が進まないが、俺のような若造に頭を下げるのもいやだ、と思っているからな。だが、ガミル王子の行動が、バラーキート国王の意志とは限らない。ガミル王子は虚栄心が強くて、早く王になりたがっているんだ。機会があれば、父をも殺しかねない」

「そんな――」

信じられない思いで、アルエットは声をつまらせた。

「自分の親を殺そうと考えるなんて、そんなこと……ひどい」

「おまえたちフウル族には理解できないだろうが、親殺しも珍しいことではない。金や権力がからめば、ありふれた話だ」

ハイダルは酒の杯を干し、自分で注ぎ足した。いやなことでも思い出したように顔をしかめる。

「ガミル王子は中でも苛烈なほうだろう。フウルの湖を奪うために闇鋼と組んだのは父王だが、彼は失敗に終わったせいで諦めたんだ。それがガミル王子には許せないようで、俺に寄越《よこ》した手紙でも、フウルの土地は自分こそが治める資格があると主張していた。フウルの里を焼き、虐殺したのはオルニス軍で、命じた俺は今も不当にフウル族を虐げ、慰《なぐさ》みものにしているとな。彼曰《いわ》く、珍しい羽色の鳥をいたぶっているとの噂があり、直接確かめたいからこの王宮に訪ねてきたいそうだ」

アルエットはいつのまにか俯けていた顔をぱっと上げた。

「お許しにはなりませんよね？　だって、ハイダル様のことを殺そうと画策した張本人かもしれないのに――」

「呼び寄せてみるのも手だ」

「でも、危ないです。急に襲いかかるとか、毒を盛るとか、されるかもしれないじゃないですか」

ガミル王子はヤズに命じて、アルエットをハイダルのもとに送り込んでおきながら、素知《そし》らぬ顔で「噂を聞いた」などと言ってくる人間だ。卑怯で、なにを企《たくら》むかわからない恐ろしい相手に、アルエットなら会おうとは思わない。

ハイダルはふっと表情をゆるめた。

「案じてくれるのは嬉しいが、ガミル相手ならば俺が負けることはない。隣国の王子だからこちらから手出しはしないが、向こうから仕掛けてくるなら、殺すのは簡単だ」

さらりと口にされた言葉に、すうっと背筋が冷たくなった。ハイダルの表情は、まるで「子猫が生まれた」と話すような穏やかさだ。

「――ハイダル様は、殺すのは苦しいって、言ったのに」

ハイダルは恬淡《てんたん》と頷いた。

「そうだな。本来は苦痛に思うべきことだ。だが、直接だろうと間接的にだろうと、人を殺す判断をするのも王の仕事だ。だったら他人に命じるより、自分でやったほうがいい」

「――」

「それに、王でなくても、殺される前に殺す、と考える者は多い。砂漠の中にある小さな村や、獣や賊の多い危険な街道なら、ためらっていては自分が死ぬか、ひどい目にあうだけだからな」

盃を揺らしてまた飲み干す仕草は、常と変わらぬ平静さだ。ひどく遠い人のように思えて、アルエットはじっと見つめた。視線に気づいたハイダルが苦笑した。

「そんなに怯えた顔をするな。心配しなくても、同じ理《ことわり》で生きる者にしか、こんな考え方は求めない。おまえたちや狐の獣人、うさぎの獣人のように、争うことが苦手で愛情深い者たちには、それに見合った接し方をする。――まあ、世の中には、心優しい者を相手にするとより残虐になる輩《やから》もいるがな」

ガミルはたぶんそういう男だ、と独り言のようにつけ加え、ハイダルは窓のほうを向いた。

「ガミルにはかしずく人間もすり寄る人間も多いが、そうやって担《かつ》がれるのが当然だと思っている。馬鹿にされるのは我慢がならないし、他人が持っているものはすべて、自分も所有しなければ気がすまなくて、宴で見初《みそ》めた西の帝国の女を強引に連れて帰った挙句に殺したりもする。諦める、ということができない人間だから、フウル族とその湖、金鉱には固執《こしつ》しているようだ。そういう人間が、いずれはバラーキートの王になるんだ。その頃には闇鋼の連中がガミルを操って、四方に戦いをしかけるようになるのは目に見えている。俺としては、これ以上戦は避けたいし、国土を広げる気もない。だが、結果としてバラーキートの領土を吸収することになっても、今のうちにガミル王子を討ち取るか処刑し、闇鋼は滅ぼすのが一番楽ではあるんだ。ガミルにしろ闇鋼にしろ、自分たちのしたことの報いは受けさせねば」

(――報いを、受ける)

アルエットは、綺麗に盛られた葡萄に視線を落とした。色とりどりの、フウル族の好きな葡萄。好きだろう、とわざわざハイダルが用意してくれたことを、アルエットは知っている。捕虜に等しい鳥人にも気遣《きづか》いをしてくれて、使用人には慕われている若き王だ。

以前に聞かされていたような暴君ではなかったけれど、それでもハイダルには厳しい一面がある。王としては当然なのかもしれないが、アルエットにとっては萎縮《いしゅく》してしまうような、烈《はげ》しさと強さが。

彼なら、罪は罪として裁くべきだ、と考えるだろう。

(僕も、報いは受けなきゃいけないんだ)

でもよかった、とアルエットは思おうとした。自分でも自分のことが許せないから、罪を問われ、処刑されるなら少しは気が楽だ。

「――ヤズの、捕まった手下も、処刑されるんですよね?」

「近日中には刑の執行日を決めるが、なぜだ？　見たいか？」

「いいえ。僕も、同じ日に処刑されるのかなと思っただけです」

アルエットは背筋を伸ばして、意識して微笑を浮かべた。

「僕もヤズの一味のようなものです。陛下を殺そうとしたんですから。今からでも、牢に移ったほうがよければそうします」

「なんだ、まだ罰を受ける気だったのか」

面白そうに目を細めて、ハイダルはアルエットを眺めた。

「その件については不問にすると伝えたつもりでいたんだが」

「……不問にするとは、聞いてません。それに、やったことは十分、処刑に値するはずです」

「ならば改めて言うが、俺はおまえを刑に処す気はない。悪いのはヤズであって、おまえではないのだから」

ハイダルはアルエットの前の葡萄の皿を指し示した。

「せめて葡萄だけでも食べなさい。いつもほとんど食べないと、オームが心配していたぞ。果物なら、フウル族の好物だろう」

「ちゃんと食べてます。たくさん用意してもらえるから、スープだけでおなかいっぱいになっちゃうんです」

もったいないので、パンはときどき貯食に回しているが、それを食べる機会もなかった。分不相応な贅沢《ぜいたく》だ、とアルエットは思う。

「……なにも罰を受けないのは、心苦しいです」

「アルエット」

呟きに、ハイダルが声をやわらげた。

「おまえが申し訳なく思って、罪悪感を抱いているのはわかる。弟のことも守ってやれなかったと後悔しているんだろう？」

「ハイダル様の言うとおり、僕が馬鹿だったんです」

「だが、その都度、ほかに選択肢はなかったと、ユーエも言っていた。戦火に呑まれた国からは逃げるしかなかったし、拾った相手の言いなりにならなければ、死んでいたかもしれない。やむをえず決断してきたことが多いのは、俺も同じだ」

ハイダルの声が自嘲の響きを帯びて、アルエットはどきりとして視線を上げた。ハイダルは小さく頷いて見せる。

「俺が生まれたとき、オルニス国はすでに、戦って領土を広げる以外の道はなかった。最初は祖父だと以前に話したが、祖父とて、欲のために戦をはじめたわけじゃない。天災で不作が続いた近隣の国に攻め込まれて、防いだ結果領土が広がっただけだった。だが一度勝ったら、次負けるわけにはいかない。他国に降《くだ》って国民がすべて無事ならともかく、たいてい奴隷にされるからな。――とはいえ、戦のすべてがやむをえなかったわけではないが」

どこかで止まれればよかったのにな、と呟いた表情は、やや苦いように見えた。視線を窓のほうに向けると、横顔の輪郭があらわになる。

「俺が戦に出られる歳になる頃は、再びほかに道はなくなっていた。やめればバラーキート国が一気に領土拡大に乗り出すのがわかっていたからな。戦をして勝つことをやめられないなら、せめて国民にとって暮らしやすい国にしようと努力するしかなかった。だがそうすると、今度は向こうから併合《へいごう》してくれと頼まれるようになって、結局ここまで来てしまった。十四で初めて戦場に出てから十八年で、フウルの里も含めれば五つの国が新しく領土になった。これが我が国にふさわしい規模なのか、いまだに俺は確信が持てない」

半ば独り言のようなハイダルの言葉を、アルエットは意外な思いで聞いた。いつも自信に満ちて落ち着いているから、迷いなく進んできた人なのかと思っていた。

ハイダルは顔をこちらに戻すと、じっとアルエットを見つめてくる。

「確信は持てないが、悔いたことはない。こうなった以上は、できるだけのことをするだけだ。後悔はするだけ無駄だと思っていた。――だが」

珍しく言い淀《よど》むように声を途切れさせ、ハイダルは少し考え込んだあと、「こうしないか」と切り出した。

「俺のそばにいて、もう一度泣いてみてくれ」

「――泣く、んですか？」

アルエットはぽかんとしてしまった。ハイダルは真面目な顔で頷く。

「正直、ヤズたちの会話を聞いて以来、腹が立っていた。そこまで争いたいならば、たとえ闇鋼の思惑に乗ることになっても、バラーキート国を滅ぼしてかまわないと考えたんだ。犠牲は出るが、それはやつらが自分で選んだ結果で、当然の報いだ」

突き放すように言って、ハイダルはふっと表情を変えた。

「だが、おまえが泣くのを見て、思い直した」

「……思い直した、んですか?」

「不思議な気がしたんだ。普通ならヤズを憎むだろうに、悔やんで泣くのか、と。過去の、もう悔やんでも仕方ないことで自分を責めて、あんなふうに泣ける人間がいるとは思わなかった」

ハイダルの視線が、アルエットの目元に注がれるのがわかった。十日前を思い出しているのか、遠くを見るような眼差しで呟く。

「見ていると、これまで当然だと思ってきた戦もすべて、ほかの方法もあったような気がしてくる。結局、俺は戦が好きなだけだったのかもしれない。それが俺の得意なことで、勝つのが難しいと思ったことはない。領土を拡大するのは、民を豊かにする、もっとも手っ取り早い方法でもある。――だが、争えば必ず、失われるものもある」

半ば独り言のような声音だった。ひとつひとつ、言葉を確かめるようにしてハイダルは言う。

「久しぶりに、その犠牲の大きさを思い出した。過去は振り返らないことにしていたのに、旧オルニス領の街も脳裏に浮かんで、懐かしい気持ちになった。あそこにとどまるのが、オルニスの民にとっては一番よかったかもしれぬ。……だが、そう考えても俺は涙は流さない。きっとおまえには、俺にはない心があるのだ。綺麗で、美しい心が」

飾り気のない、どこか無防備にさえ聞こえる言葉だった。

アルエットは戸惑いながらも、胸の奥がくすぐったくなるような感覚を覚えた。

この前美しいと言われたときは、ただ否定する気持ちにしかなれなかったけれど、今は少し嬉しい。

嬉しいけれど、困る。

「褒めていただけたのは嬉しいですけど、でも、泣いてみてくれと頼まれても、涙は流せません。悲しいこととか、後悔することとか——なにか泣くようなことがないと」

ハイダルも困ったように眉根を寄せた。

「それもそうだな……。泣かせるためにつらい思いをさせるわけにもいかないし」

「もともと僕、それほど泣くほうではないんです。仕事で、痛い思いをさせて泣かせたいというお客もいましたけど」

「処刑を望むくらいなら、俺のそばで役に立ってくれと言おうと思ったんだが」

うまくいかないな、とハイダルは腕を組んだ。それがごく真剣な表情で、アルエットも真顔で頷き返してから、なんだかおかしくなって吹き出した。慌てて口元を押さえたが、ハイダルが胡乱《うろん》げな視線を向けてくる。

「どうして笑っている？」

「だって……ふふっ、ハイダル様が僕のためにって考えてくださったのが、泣けっていう命令で、言われただけでは泣けないことは考えてなかったなんて……」

普通なら、口にする前に気づくと思う。ふふ、とこらえきれずに声を漏らすと、ハイダルがため息をついた。

「笑いたければ笑えばいい。かわりに、なにか俺の役に立てそうなことを自分で考えろ」

「――はい」

まだ笑いたい気持ちを抑えて頷いて、アルエットは嬉しさを噛みしめた。

「ハイダル様は怖い人なのに、優しいですよね」

「――俺は、恐ろしいか？」

ハイダルが顔をしかめて聞き、アルエットははっとしてかぶりを振った。

「すみません、失礼なことを……でも、僕みたいな存在からすると、なにをお考えなのかよくわからないから。お会いする前は、きっと見た目も怖い人だと思ってたんですけど、実際は落ち着いた雰囲気でした」

抱き方だって優しかった――と思ったが、はしたない気がして言うのはやめた。

「穏やかな人なのかなと思ったのに、ユーエのことまで疑うし、王様だから当然かもしれないけど、国を滅ぼす話をしたりしますよね。街での喧嘩でも剣を抜いたり、腕を折ったり」

「ああいう連中に情けをかけてもいいことがない。手っ取り早くすませるなら、先に圧倒したほうがいいんだ」

「ほら、そういうところです」

戦いに慣れた人には、ハイダルのような考え方が普通なのかもしれない。けれどアルエットは、フウル族らしく争うのが苦手なのだ。

「そういうの、僕には絶対にできないことだから」

なんとか説明しようとしたが、結局無礼なことを言っている気がして、アルエットはもう一度「すみません」と謝った。ハイダルは苦笑を浮かべていた。

「おまえの言いたいことはわかる。だが、アルエットだって、おとなしいかと思えば、俺の思いもよらないことを口にするから、ずいぶん変わっているぞ」

「変わってるなんて言われたことないです」

つられるように言い返して、アルエットはふうっと息をついた。笑ったせいか、それともハイダルの、寄り添うような言葉のおかげか。気づけば、晴れずに沈んでいた心は、ずいぶんすっきりしていた。

こんなふうに誰かと、普通に話をするのも久しぶりのことだから、かもしれない。王様相手に、「普通に話をする」というのもかなり特殊な状況だけれど。

背筋を伸ばして、改めてハイダルを見つめ直した。美しく整った、王らしい威厳と落ち着きのある顔立ち。

「――僕ができるのはうたうことと、料理とか洗濯とかの家事とか、身体を使ってできることくらいですけど……でも、言いつけていただければ、なんでもします。罰や刑のかわりに、どんなことでも命令してください。お役に立てるように、努力します」

罰が与えられないなら、この人に、せめてかけてもらった温情の分は返したい。それで今までの人生の過ちが許されるとは思わないけれど、ただ与えてもらうだけなのはいやだった。

役に立て、とハイダルが言ってくれるなら、なにをしてでも応えたい。

「その……夜のご奉仕も、ハイダル様がお望みなら、できます」

「夜の？」

意外そうに、ハイダルが目を見ひらいた。アルエットは恥ずかしく思いながら頷いた。

「歌娼でしたから……すごく上手いとか評判がよかったとかではないですけど、頑張ります」

「――いや、無理に頑張る必要はない。だが……そうか」

ハイダルはわずかに笑って首を横に振ってから、じっとアルエットを眺めた。

しばし考え込んだあと、椅子を引いて立ち上がる。テーブルの脇を通り、部屋を出ていくのかと思えば、アルエットの横で足をとめた。アルエットがいたたまれなくなるほど見つめながら、大きな手でするりと頬を撫でてくる。

「たしかに、おまえが閨《ねや》の相手をしてくれるならば、俺も助かる」

半ば独り言のように言いながら、ハイダルの眼差しは優しかった。まるでジャダーロを見つめるときみたいだ、と思うと、心臓がとくんと小さく跳ねた。

「……僕、お役に立てますか？」

「ああ。――夜にまた来る。ユーエには別の部屋を使わせるように伝えておく」

指先が羽耳をくすぐって離れていき、アルエットは数秒遅れてそこを押さえた。

（――夜にまた、って、本当に？）

なんでもする、という言葉は本心からだったけれど、ハイダルが夜伽を命じるとは思っていなかった。もちろん、慣れたことだからいやではないのだが。

「変なの……なんで、どきどきするんだろう」

いつになく、アルエットの鼓動は速くなっていた。


夜も遅い時間になってようやくハイダルは姿を見せて、寝台の脇で待っていたアルエットはほっとして頭を下げた。

オームから、何時になるかわからないと伝え聞いていたものの、もしかしたらもう今夜は来ないかもしれない、と思っていたのだ。

来なかったとしてもアルエットががっかりする理由はないはずなのだが、ハイダルが入ってきたときには安堵感があった。どうしてほっとするんだろう、と思いながら服の裾に口づけ、手順どおりに腰帯に手をかける。

「まずは口でさせていただくのでかまいませんか？」

跪いたまま見上げると、ハイダルが首を横に振った。

「服を脱いで、寝台に上がれ。俺は自分で脱ぐから」

「——はい」

遅くなると思うから、後ろの準備はしておかなくていい、とオームには言われていた。「陛下が来たら使ってください」と渡された、ほぐすための香りのいい油は、枕元に置いてある。アルエットは口で奉仕しながら、自分で慣らすつもりでいた。たいていの客は、まずは舐めさせ、そのあとで粘汁でやわらかくなった後孔を犯すからだ。

ハイダルが脱ぐあいだに準備するしかないと、アルエットは急いで裸になった。うつ伏せになって瓶を取ろうと手を伸ばすと、やんわり掴まれる。

「準備はしなくていいと、オームに伝えさせたはずだ」

背後から、ハイダルの身体がのしかかってきた。なめらかな皮膚が背中に当たり、ぞくん、と震えが走る。大きく逞《たくま》しい肉体の、圧倒的な質量と熱が、全身を包み込むようだった。

「……でも、本当になにもしてなくて。洗っただけなんです」

「それでいい。相手をさせるんだ、慣らすくらいは俺が施《ほどこ》すのが、せめてもの礼儀だろう」

羽耳に唇を押しつけるようにして囁かれ、背筋の中をまた震えが走っていく。自然と力の抜けたアルエットの手を敷き布の上に戻したハイダルは、自分で香油の瓶を取り、ふと動きをとめた。

「パンを、取ってあるのか？」

「え？」

なんのことかと寝台の脇に目を向けて、布をかけていたはずの貯食がむき出しになっているのに気がついた。瓶を取るときに落ちてしまったのだろう。ハイダルが一枚パンをつまむ。その下にある葡萄にも気づいて、得心《とくしん》したように頷いた。

「そうか、貯食か。フウル族だものな」

「ご……ごめんなさい。勝手に――」

食べ物や気に入ったもの、大切なものを貯めておきたくなるのはフウル族の習性なのだが、人間には意地汚く見えたり、みっともなく思われたりするのはわかっていた。ヤズのところでもよく怒鳴られていたのに、うっかりそのままにしてしまった。

「あとで捨てておきます、すみません」

「いや。自分で処分するのは、フウル族にはつらいだろう?」

ハイダルの口調は、予想に反して穏やかだった。呆れた様子もなく、優しく頭を撫でてくる。

「可哀想だが、こんなに乾いたパンやしなびた葡萄はどうせ食べられない。オームに処分させるが、かわりに貯めておけるものを、なにか用意しよう」

「そんな……いただくわけには、……っん」

ただでさえよくしてもらっているのに、と断ろうとして、耳にキスされて喉が鳴った。耳の飾り羽の付け根に、ハイダルは鼻先を埋《うず》めるようにして、幾度も唇を押しつけてくる。そうしながら、何度も髪を撫でてくれるのが気持ちよかった。

(不思議……ハイダル様に触ってもらうと、ほっとしちゃう)

幼い子供に戻ったように、なにもかも委《ゆだ》ねたくなる。身体の奥からゆるむ感じは、深い安堵に似ていた。

とろん、と脱力すると、ハイダルが低く囁いた。

「腰を上げて」

「――っ、は、い」

頭の芯がじんと痺れた。ぺたりと胸を敷布につけ、高く尻を上げたポーズを取ると、無意識のうちに尾羽が横へ倒れてしまう。露《あら》わになった窄まりに、ハイダルは油で濡れた指で触れてきた。

「ふ……っ、ぅ、んっ」

触れられただけで、孔から中の粘膜までが熱を帯びた。こまやかな襞を丁寧にこじ開けて、指が入ってくる。長くて、十分に太い指だ。節が窄まりに引っかかり、硬い骨を感じると背中が波打った。

「っん、……く、ぅ、ふ……っ」

力むとつらいから、息を短く吐くのだが、それでも異物感はどうしようもない。苦しさを覚悟して枕を噛んだ直後、アルエットは目を見ひらいた。

「……っ、ん、ふぅっ……！」

びりっ、と痺れたようだった。肉筒の中、腹側をハイダルの指が探っていて、もう一度そこに触れてくる。

「っ、は、……ぁ、んっ……」

かくんと腰が揺れた。いじられると射精しそうになる、ささやかなあの膨らみを、ハイダルが触っているのだ。普段なら痛いと感じるはずのそこが、優しく撫でられて鳥肌が立つような感覚を伝えてくる。

「っぁ、……ふ、……ん、んんっ」

「唇は噛むな、傷ができる」

見えていないはずなのにそう言って、ハイダルはあやすように指を揺らした。

「感じるのなら、射精してかまわない。気持ちいいのだろう?」

「違……、いつもは、……っは、んんっ、あっ、ぁ、あっ」

こりこりと、少し強めにいじられて、否応なく腰が跳ねる。性器はたちまち張りつめて、アルエットはこらえようと敷布を握りしめた。ハイダルは指を入れたまま、もう一方の手を前に回してくる。

「もう濡れているじゃないか。無理はするな」

「ぁ……っ、こすら、ないで……っ」

大きな手のひらにすっぽり包み込まれ、しごきたてられるとたまらなかった。自分のこぼした先蜜で、にゅるにゅるとぬめるのが恥ずかしい。内側からは感じる膨らみを攻められて、アルエットはくうっと背中を丸めた。せめて受けとめようと手を伸ばしたが、間にあわない。

「——っは、……ふ、ぅ……っ」

焼けるような感触を残して、白濁が噴き出していく。ちゅくちゅくと音をさせて出しきるまでしごかれ、アルエットは荒い息をついた。

「す……みませ、……敷布、よごして……」

「達《い》かせたのは俺だ、気にしなくていい」

ハイダルは一度指を抜き、今度は二本揃えて差し込んでくる。息遣いにあわせてゆるんだり閉じたりするそこは、なんなく二本分の太さを呑み込んだ。ずっ、と深いところまで受け入れて、アルエットは目を閉じた。

（嘘……なんで、痛くないの……）

異物感はあるのに、痛みがない。圧迫される感覚は、うっすらした吐き気のかわりに、熱っぽい落ち着かなさをもたらした。丸く広げられた窄まりがむずむずする。ゆっくりした抜き差しがもどかしい。根元まで指を含まされ、粘膜をこすられている感触がねっとりと腹に広がっていくけれど、苦しさがない。

「ん……っ、ふ、……っぅ、んっ」

引いたり、押し込んだり。ハイダルの指は丹念に香油を塗り込むように動いた。限界まで指を挿入されると付け根やほかの指が尻に当たるのがわかって、太腿が小刻みに震えた。

——どうしよう。指でほぐされているだけなのに、怖いくらい気持ちいい。

「だいぶ吸いつくようになったな」

よさそうだ、と呟いて、ハイダルがそっと指を引き抜いた。彼自身を挿入されるのだ、とわかっていくらかほっとして、アルエットは身体をねじって振り返った。

「あの、口淫を——」

奉仕しなければ勃《た》つまい、と思って申し出ようとした声が途切れた。

ハイダルの裸体が、ほのかな灯りに照らし出されて浮かび上がっていた。くっきりとした陰影を描く胸部のたくましさや、予想よりも太い二の腕に、視線が釘づけになる。腹や腰は引き締まり、前も見た分身はすでに形を変えているのが見てとれた。

——なんて美しい、鍛えられた身体だろう。筋肉自慢の男や体格のいい人間はたくさん見たことがあるけれど、ハイダルはたくましいだけでなく、しなやかな美しさがある。

「顔を見ながらしたいか？」

わずかに笑みを浮かべたハイダルが顔を近づけてきて、アルエットはぱっと赤くなった。ふり仰いだのが、向きあってしたいからだと思われたらしい。

「い、いえ……僕はどんな向きでも、平気です」

「平気か。では、好きな体位は？」

「好きだなんて……な、ないです。陛下のお好きな方法で——、っぁ、」

ころんとひっくり返されて仰向けにされ、両手首を縫い止めるように押さえられ、胃のあたりがかあっと熱くなった。真上から見下ろすハイダルの瞳は、黒々と艶めいて見える。

「抱くときに好き嫌いを考えたことはないな。後背位《こうはいい》のほうが互いに面倒がなくていい、とは思うが——おまえの顔は見ておきたい」

低い囁きは少し掠《かす》れていて、ざらりとした響きまでが肌を愛撫するようだ。吐息を漏らした唇を撫でられて、アルエットはまぶたを閉ざした。

(見たいだなんて——どうして、そんなに優しいことを言ってくれるの？)

どきどきする。甘く思えてしまう言葉と仕草に、心も身体も喜びに疼く。

「う……、んっ」

アルエットの手を解放し、ハイダルは脚に触れてくる。太腿に手のひらをすべらせ、膝裏を掬われて、ひらかされる。導かれるまま胸のほうへ膝を上げ、受け入れやすいポーズを取れば、股間にひたりと分身が押しあてられた。

たっぷりと香油を足し、こすりつけて馴染ませる。その丁寧な動きだけでも、苦痛が大きすぎないようにと気遣われているようで、身体の芯がゆるむ気がした。

つつましやかに、けれどたしかに綻《ほころ》んだ窄まりに、ハイダルが切っ先をあてがってきて、アルエットは意識して力を抜いた。

「――っは、……ぁっ、あ、ぁ、」

「っ……今日は、締まるな」

ハイダルもかるく息をつめた。半分ほど挿入した状態で動きをとめ、アルエットの頬に手を添える。

「きつくないか？」

「だ……い、じょぶ、です……っ」

痛みはやはりなかった。ただ熱い。挿入されたとき、肉杭《にくくい》がこれほど熱く思えるのは初めてだった。内側から焼かれてしまいそうな錯覚があって、不随意《ふずいい》に腹が震える。

浅く胸を上下させたアルエットを見下ろし、ハイダルはそっと顔を撫でてくれた。

「苦しくないなら、楽にしていなさい。もう少し入れるから」

「ん、はい……っ、ふ、……っぁ、あぁっ」

言われたとおり力を抜いたつもりなのに、ずんと突き入れられると体内が竦む心地がした。背が反り返り、ひくつきながらハイダルのものを締めつけてしまう。

「そんなに吸いつかれると動きづらい。ゆるめられるか？」

「――っ、は、い、できま、す……っん、んっ」

痛いときや苦しいときほど力を入れないよう、対処するのは慣れている。意識的に腹をゆるめ、太腿をいっそう左右にひらいたが、どうしてか、普段のようにはゆるみきらずに、ちゅうっと窄まりが締まるのが自分でもわかった。

「――っ、は、ぁっ、……ぁっ……」

太いハイダルのかたちがくっきりと感じ取れ、焦点が曖昧にぼやけた。焼けるようだった内襞が溶けていくようだ。熱《い》い――熱くて、重くて、気持ちいい。

「震えているな。かるく達ったか」

ぼうっと蕩《とろ》けてしまったアルエットの瞳を見つめ、ハイダルは己の唇を舐めた。

「相変わらず吸いついたままだが、おまえは動いてやったほうがよさそうだな」

囁きかけ、アルエットの腿裏《ももうら》を押さえる。窄まりの位置が下がらないよう固定すると、ぐっと腰を打ちつけた。

「……っぁ、あっ、……ッァ、あァッ」

穿《うが》たれる衝撃が胸まで駆け抜け、声が勝手に溢れた。きんと頭の芯が痛む。ピストンされる腹の奥のほうは、びりびりと痺れるようだった。かきわけられてこすれ、突き潰されてひしゃげる感覚。

（きもち……い、どうしよう……っ、きもちぃ、よう……っ）

「はっ……ぁ、ん……っ、あッ、ぁ、……んッ」

うわずった自分の声が遠く聞こえる。宙に浮いて揺れる脚も他人のもののようで、ただひたすら、受け入れた場所だけが――快感に溶けていく。

「また達《い》きそうだな。襞の締まりがきつくなった」

ハイダルは焦らすように奥へと己を押しつけて動くのをやめた。ひくん、と震えるアルエットの羽耳を包むように撫でる。

「声も、この前よりずいぶん甘い。気持ちいいのだな」

「……ぁ、……っ」

「よく見せてくれ。泣き顔もいいが、感じる顔も、アルエットは美しい」

（あ――名前、）

初めて呼ばれた、と思うと、胸がきゅうっと疼いた。嬉しい。まるで大切にされているみたいで、すごく――たまらなく、幸せな気持ちになる。

ハイダルがかるく眉をひそめ、それから微笑みかけてくる。

「俺が動いてもいないのに、絡みついてくれるのか。慣れた身体というのはすごいものだな」

「……ふ、ぁっ、……っは、……んっ、ぁっ」

違う。こんなふうになったことはない。そう言いたいのに、羽耳の付け根をくすぐられ、こねるように中で動かれると言葉にならなかった。

意識がくらくらと揺れる。ハイダルが抜き差しを再開すればぱちゅぱちゅと音がたち、身体の芯から予兆が湧き上がった。

「っぁ、待っ……あっ、また、いっ、いき、……ま、す……っ」

「いいぞ。可愛い声で鳴いて、達《い》ってみろ」

性器は痛いほど勃起《ぼっき》している。ひらいた先端の小さな穴からぽたぽたと雫《しずく》が落ちはじめ、やだ、とアルエットは混乱した。後ろも、分身もおかしい。こんな感じ方をするなんて、まるで身体が壊れたみたいだ。

気持ちよすぎて怖い――と思ったところを、ハイダルが力強く穿ってくる。二度突き上げられるとなにも考えられなくなって、アルエットは敷布を握りしめた。達《い》く。

「ぁ、……ん、んん――――ッ!」

きつく背をしならせて吐精する。身体の真ん中を稲妻が通るように、全身が痺れて意識が遠くなった。肉筒の襞は舐めるようにハイダルの雄に絡みついたが、太くて硬いそれは引き抜か

れていく。

ぬるい飛沫《ひまつ》を腹に感じながら、アルエットはぼんやりとした目をまばたいた。

ハイダルは冷静に、自分のものを布で覆って最後の一瞬を迎えていた。中には出さないのは、初めてのときと同じだった。

見ると、いっぱいに満ちていた幸福感が、すうっと消えていく。

たいていの男は中を汚すのを好むのだと思っていた。フウル族をはじめ獣人が奴隷や愛玩用として人気があるのは、女でも発情期以外なら妊娠しないからだ。まして男ならば孕《はら》む心配はないと、発情期でさえたくさん白濁を注がれるのに。

(――ハイダル様は、違うんだ……)

それは優しさなのかもしれなかったが、アルエットにはなぜか、寂しく思えた。


ジャダーロが熱を出したのは三日後のことだった。

雨の季は、恵みの季節であると同時に、一年でもっとも気温が下がる季節でもある。身体が慣れないのか、ジャダーロはこの時期、よく体調を崩すらしい。

「アルエットさんとユーエさんが来て、毎日はしゃいでいたから疲れたのかもしれませんね」

オームはそう言って、申し訳なさそうな顔をした。

「王のお客さまのような方に頼むのは恐縮ですが、ハイダル様のところまで、昼食を届けてもらってもいいですか？　今日は忙しいから持ってきてくれと、朝に頼まれたんです」

「僕でよければ、もちろんお手伝いします」

特にすべきことがなく、竪琴を練習するか、ジャダーロの相手をするか、書巻《しょかん》を貸してもらうくらいしか過ごし方がないのがつらいくらいだったから、頼まれるのはありがたかった。

それに、丸三日、ハイダルは姿を見せていない。その前は十日会わなかったのだから、三日来ないのはなにも不思議ではないのだけれど、アルエットは日に何度も、がっかりしたような気分を味わっていた。

役に立つ方法を考えろ、と言われて、できることを伝えて、ハイダルはアルエットを妾がわりに使うことに決めたはずだ。にもかかわらず抱きに来ないのは、この前の夜伽が気に入られなかったからかもしれない。

次はきちんと満足してもらおう、と思っても、顔もあわせられないのではできることがない。だから、一目でも会えると思うと嬉しかった。

手渡されたかごを持って、アルエットは後宮を出た。後宮は本宮の西にある。本宮の入り口で衛兵に用件を告げると、衛兵は訝《いぶか》しげな顔をしながらも案内役の侍従を呼んでくれた。初老の彼はアルエットを見るとにっこりした。

「アルエット様ですね。お初にお目にかかります」

思いがけず丁寧な態度に、アルエットは恐縮してしまった。いえそんな、ともごもご答えつつ、先導してもらって本宮へと入る。

初老の侍従が進んでいくのは、王族たちが生活に使う奥の建物ではなく、政《まつりごと》や謁見《えっけん》が行われる表側のほうだ。

貢物として連れてこられたときも入ったはずの場所だが、まじまじと内装を見るのは初めてだった。白を基調に、柱の上下には黒曜の飾りがついている。廊下の天井は金を散らした青で、壁には旗が飾られていた。おさえた飾りつけだが、品のよさと同時に、威厳と誇りが伝わってくるようだった。

その広い廊下を、思ったよりもたくさんの人が通っていて、アルエットはびっくりした。中でも目につくのは、揃いの緋色《ひいろ》の上着を羽織った人々だ。

物珍しかったが、彼らにとっては羽耳のせいで一目で鳥人とわかるアルエットが珍しいようで、ずいぶんとじろじろ見られてしまった。きっと、アルエットとユーエが後宮にいることは、知る人間のほうが少ないのだろう。

隠してくれればよかったかな、と後悔しはじめる頃になって、侍従は廊下を左に折れた。庭に面した廊下には人影がない。衛兵だけが、並んだドアのうちのいくつかの前に立っていた。建物の中に扉があるのは珍しい。

侍従はひときわ重厚な扉の前でとまった。侍従が叩いて「昼食をお持ちしました」と声をかけ、重そうなその扉を引いた。彼と衛兵とに頷かれ、アルエットはおずおずと室内に足を踏み入れる。

ハイダルはほぼ正面に見えた。巨大な机の向こう側で、なにやらペンを走らせている。背後には、こちらも珍しく玻璃を入れた窓があり、今は開け放されて、風が入ってきていた。

視線を机上に向けたままのハイダルの、豊かな髪が風に揺れる。外の光を後ろから受けて、輪郭だけが眩《まばゆ》く輝いているのがことのほか美しく、アルエットはぼうっと見惚《みと》れた。

――改めて見ても、本当に綺麗な人だ。雄々《おお》しくて頼もしい、強さゆえの美しさ。

「食事はそっちのテーブルに置いてくれ」

顔を上げずにハイダルが言い、アルエットははっと我に返って室内を見回した。ハイダルの向かっている机とは別に、椅子が二脚置かれた小さな丸テーブルがある。

「では、ここに置きますね。サンドイッチだそうですけど、お茶は頼んで持ってきてもらいますか？」

邪魔になるかな、と思いながら声をかけると、ハイダルが驚いたように顔を上げた。

「アルエット？　どうしておまえが……」

「ジャダーロ様が熱を出しているので、オームに頼まれたんです」

「――あいつ」

ハイダルは顔をしかめ、それが迷惑そうに見えて、アルエットは身を縮めて羽耳を撫でた。

「すみません。僕じゃないほうがよかったですよね。耳は隠さないとだめでしたか？　フウル族が王宮の中にいるって、知られてしまうのはいけなかったでしょうか」

「……いや、羽耳は関係ない。フウル族が王宮にいるのはたしかに珍しいが、知られて困ることもないから気にしなくていい」

ため息をついてペンを置き、ハイダルは立ち上がった。アルエットは急いで頭を下げた。

「僕は下がりますね。お茶が必要でしたら頼んでおきます」

「下がることはない。こっちに来て、アルエットも座るといい」

「でも……」

迷惑なのでは、と逡巡《しゅんじゅん》すると、ハイダルが自分の顔を撫でた。

「もしかして、怖い顔をしているか？」

「……いえ、そんな」

怖いです、とは言えずにかぶりを振ったが、ハイダルは苦笑した。

「いいんだ。執務中はどうにも険しい表情になるらしくて、よく侍従にも恐ろしいと言われる。

——アルエットが来てくれたのは驚いたが、もちろんいやじゃない」

ハイダルはかごを開けると、来なさい、とアルエットを手招いた。

「いつもより大きいかごだからもしかして、と思ったんだが、やはり二人分入っている。退屈そうにしているとオームから聞いたぞ。あいつが気をきかせたんだろう」

「退屈だなんて、とんでもないです！」

それじゃまるでアルエットがわがままな人間みたいだ。困ってしおしおと羽耳を下げると、ハイダルは近づいてきて手を取った。

「今は税の使い道を決めなくてはならなくて忙しいんだ。それに、毎晩ではアルエットの体力がもたないだろうと思って、ゆっくり休ませるつもりだったんだが……暇なら、話し相手でも招こうか」

そっと導いて椅子に座らされ、アルエットは何度も首を横に振った。

「本当に退屈なんてしてないんです。オルニス国のことが知りたくて、歴史の書巻をお借りして読んでいると楽しいですし」

「歴史を学んでくれているのか」

ハイダルは嬉しそうに顔を綻ばせた。

「勉強熱心だな。読みたいなら、旧オルニス領にある図書館から、石板や巻物も取り寄せるぞ」

「いえ、そんなことまでしていただけません。それより、働かないで過ごすのは落ち着かないから、お掃除とか、洗濯とか、庭のお手入れとかを手伝わせてもらえれば嬉しいです」

「だったら、今度俺の部屋でも片付けてくれ」

ハイダルが小さなテーブルの向かいに座ると、さきほどの侍従が入ってきた。お盆を持っていて、お茶を淹《い》れると下がっていく。食べなさい、とハイダルがすすめた。

「野菜が多いのはアルエットの分のようだ」

たしかに、かごの中には一人分には明らかに多い量が入っていて、半分は野菜がたっぷりだった。肉よりも果実や野菜を好むアルエットのために、最初から用意されていたのだろう。

申し訳なさと嬉しさが半々の気分で、アルエットはサンドイッチを取った。

「ありがとうございます。……いただきます」

「その食事の前の挨拶も、フウル族独特のものだな」

目を細めたハイダルが、思い直したように立って、机から箱を持ってきた。開けてみろ、と促され、蓋《ふた》をひらくと、中には透きとおる緑色の石を使った首飾りが入っている。

「おまえの目の色に似た宝石を頼んでおいたんだ。昨日、さっそく商人が持ってきたから、近いうちに渡そうと思っていた。これなら貯めておいても、乾いたり腐ったりしない」

座り直してサンドイッチにかぶりつくハイダルは、なんでもないことのように言ったが、アルエットは首飾りを見つめたまま動けなかった。

銀細工で、宝石の大きさは控えめだ。華美ではないけれど上品な雰囲気で、丁寧に作られたものだとアルエットにもわかる。

「こ……こんな高価なもの、いただけません」

「そこまで高くなかったぞ」

「僕には高すぎるんです。貯めておくなんて、無理です」

ハイダルは二つめのサンドイッチに手をつけている。どうして、と問いたげな目で見られて、アルエットは宝石の首飾りの入った箱を押し戻しながら説明した。

「フウル族は気に入ったものを大事にとっておきたくなりますけど、高価なものを集めるわけじゃないんです。子供の頃に大切にしていた人形とか、好きな人と初めて出かけたときに使った耳飾りとか、大切な人からプレゼントされた花を押し花にしたものとか、そういうちょっとしたものです。取り出して見たら思い出がよみがえって、幸せな気分になるような」

「なるほど。アルエットは、どんなものなら貯めておきたいんだ？」

お茶を口にし、ハイダルがなぜか優しい顔をした。じっと見つめられて、アルエットは顔を伏せた。——また、名前を呼ばれた。さっきから何回も、「おまえ」ではなくて、アルエット、と呼ばれている。

ハイダルの低く張りのある声で発音されると、自分の名前もひどく特別な響きに聞こえる。

「僕は……まだ、ものは貯めたことがなくて」

「子供の頃も？」

「——小さい頃は、湖でひろった石と、おもちゃ用にもらったガラスの玉をいくつか貯めてましたけど」

「パンと葡萄はテーブルに置いて布をかけてあったが、箱やかごには入れないのか？」

「普通は入れます。昔持ってたのは、布を貼ったこれくらいの箱でした」

両手に載るくらいの大きさを作ってみせて、アルエットはサンドイッチをかじった。豆のペーストがたっぷり入っていておいしいが、ハイダルの速度になるべくあわせようと、急いで飲み込む。むせないようにお茶で流し込むと、ハイダルがまた目を細めた。

「ゆっくり食べればいい。——では今度、手頃な箱を買いに街に行こう」

「街に？」

どきっとしてハイダルを見つめ返し、アルエットはかぶりを振った。

「そんな……箱もいただけないです。もしどうしてもというんだったら、板の切れ端と釘をいただけたら、自分で作ります」

「箱が作れるのか。頼もしいが、一緒に店で買うのも悪くはないだろう？」

「——え？」

今度こそぽかんとしてしまって、アルエットは口を開けた。

「一緒に買いに行くって……ハイダル様が、買いに行くんじゃなくて？」

「使い走りをしてこいというなら行ってくるが、自分で気に入ったものを選んだほうがいいと思ってな。弟と二人で出かけたいかもしれないが、護衛もなしに出すわけにはいかない」

楽しげな笑みを浮かべて、ハイダルは片手で頬杖をついた。

「アルエットは表情がよく変わるな。そんなに赤くなって、暑くないか？」

「……暑く、ない、です」

気がつけば、どうしようもないくらい顔が火照《ほて》っていた。俯いて頬を押さえたが、そうすると身体まで熱くなってくる。耳も熱い。ハイダルの口にした自分の名前が、いつまでも耳の底に残っているみたいだった。

それに、あの視線。見られると、そこの皮膚がちりちりする。

どぎまぎしながら、サンドイッチを無理に口に押し込む。かごの中はもう、アルエットの分しか残っていない。そそくさと蓋を閉じて、立ち上がった。

「残りは、戻って食べます」

「待て、アルエット」

ずきん、と心臓が痛んだ。よろめきかけたアルエットの腕をハイダルが掴み、やんわり引き寄せてくる。

「まだ予定を決めていない。明日――いや、明後日《あさって》なら出かけられるが、かまわないか？」

引っ張られるまま、へたりとハイダルの膝の上に座ってしまい、アルエットは泣きたい気持ちになった。どうしよう。どうしてこんなに心臓がどきどきするのか。身体中熱くておさまらないなんて、変なのに。

息をつめたアルエットの首に、ハイダルが首飾りを回した。

「……や、いただけ、ません」

「アルエットのために買ったものだから、一度は身につけてくれ。気に入らなければ、あとで捨ててかまわない」

首の後ろで丁寧に金具を留め、ハイダルはついでのようにうなじを撫でてくる。そうされるとざわっと肌が粟立《あわだ》ち、一気に体温が上がった。

「――っん、」

「アルエット？」

怪訝そうなハイダルの声が耳元でして、アルエットはぎゅっとかごを握りしめた。

「……名前、あんまり、呼ばないでください」

「名前？」

「ハ、ハイダル様に呼ばれると……、いや、です」

これじゃひどいわがままを言っているだけだ、と思ったが、とめられなかった。

「耳がざわざわして、動悸《どうき》がするので……あと、あんまり見ないでください」

「あんまり、か」

くつくつと、声を殺してハイダルが笑った。膝に乗せたアルエットの身体を、あやすようにゆする。

「では少しずつ呼んで見つめることにしよう。アルエットが慣れるように」

顎に指がかかり、優しいが強い力で振り向かされる。至近距離で視線がぶつかり、アルエットは息を呑んだ。

「っ、ハイダル様……、っん」

「よく似合う」

唇が重ねられる。顎にかかっていた指が喉へと動き、しっとりした温もりを感じると眩暈がした。濡れた舌が入ってくる。

「ん、ふ……っ、ぅ、……ん、んぅ」

アルエットにとっては、生まれてはじめての口づけだった。キスはどこにするにしても、忠誠や敬愛、愛情を示すものだが、唇は特に、大切な相手とだけ触れあわせる場所だ。歌娼をはじめ、身体を売る仕事の者にする人はいない。

絡まる舌は飲んでいた甘いお茶の味がした。ハイダルは舌も大きくて厚みがある。それで上顎をゆったりとくすぐられると、うなじから尾羽までが痺れるようだった。くちゅ、くちゅ、と音をさせながらかきまわされ、頭がぼうっとする。

口づけが、こんなにも気持ちがいいなんて。

丹念に口の中を愛撫され、ひらいた唇の端から唾液がこぼれていく。よだれが出るほど口づけられている――と思うと眩暈がいっそう強くなり、びくん、と全身が震えた。

「ん、ぅ、――!」

ひくひくと揺れてしまいながら、アルエットは呆然とした。服の中、下半身がじっとりと湿るのがわかる。キスされただけで達してしまったのだ。

「泣きそうな目をしているぞ？」

満足げに鼻先をすりあわせたハイダルは、アルエットが震えているのに気づくと眉をひそめた。

「やはり普段より体温が高いようだ。今日は暑いから、疲れたのかもしれないな。戻ってゆっくり休むといい」

気遣う手つきで膝から下ろされ、アルエットは礼を言おうとした。幸い、吐精したことには気づかれていない。

すぐに部屋を出ればあやしまれることもない、と思ったのに、ハイダルの手が離れると、アルエットの身体は崩れ落ちた。

「アルエット！」

驚いたハイダルが抱え起こしてくれたが、手が力なく床に落ちた。芯からじわじわと染み渡る熱のせいで、石の床がことさら冷たく感じる。息は浅くて速く、頭はぼんやりと霞《かす》んでいた。それに、股間が――吐き出した精で濡れているせいだけでなく、ぬるぬると溶けていくようだ。

覚えのない感覚ではなかった。ぐっと腹に力を入れ、どうにかハイダルの胸を押す。

「大丈夫です。すみません……」

「謝るな。すぐに医者を呼ぶ」

「お医者さまは、いらないです……発情、なので」

「発情？」

　ハイダルの声が硬くなった。

　軽蔑されたのかも、と思い、アルエットは震えながらも身を離した。人間と違い、性的に昂《たかぶ》る時期がある獣人の体質を、いやらしい、と思う人もいるのだ。

　見上げれば、ハイダルは呆然としたような表情だった。ずきん、と胸に痛みが走る。やはりハイダルは、発情期をいやらしいと思うのだ。

「――すみません。ご迷惑はおかけしませんから」

　努《つと》めて微笑んでみせると、ハイダルはぐっと眉根を寄せて顔を背《そむ》けた。

「迷惑など、かけられるとは思っていない。――ただ、すまないが、抱いてはやれない」

　苦い口ぶりだった。必要以上にねだられたりしたら面倒なのだろう。あまり淫《みだ》らなそぶりを見せられると、嫌悪感があるのかもしれなかった。

（この前したあと、来てくださらなかったのも……僕の身体を気遣ったって言ってくれたけど、本当は淫乱だと思ったのかな）

　そういえば、ずいぶん慣れている、とは言われた。汚れていると思われたのかもしれないと思うと、心が重く沈んだ。

どうしてだろう。蔑まれるのには、慣れているはずなのに。

「身体が疼いてつらいようなら、張り形かなにかを用意させる。それでいいか？」

問いながら、ハイダルはアルエットを抱き上げた。運んでくれるつもりらしい。優しくしてくれなくてもいいのに、とせつなく思いながら、アルエットは目を閉じて首を横に振った。

「必要、ありません。我慢していれば、数日で終わりますから」

「——そうか」

なにか言いたげだったが、ハイダルはそれきり黙った。

後宮まで抱いて運ばれるあいだ、アルエットも目は開けなかった。王宮の中を行き交う人々が、フウル族を抱いて歩く王の姿に驚きざわめくのがわかって、いたたまれなかったのもあるけれど、なによりハイダルの表情を確かめるのがこわかった。

動けないアルエットに優しく接してくれながらも、表情にだけは、隠しきれない嫌悪感がにじんでいそうだったから。


いつもどおり、発情は四日で終わったが、アルエットが起き上がれるようになっても、ハイダルは姿を見せなかった。

寝台の脇のテーブルに置いた、返しそびれたままの首飾りを見つめ、もう会ってはくださらないかもしれない、とアルエットは思う。

身体が楽になったのは七日も前のことだ。王の前で発情してしまってからはすでに十一日。見るのもいやな発情期がすぎても来ない、ということは、やはり疎まれたのだろう。

（だとしても仕方ない。王宮を出られる日が来るまで、使奴として働かせてもらおう）

口づけまでしてくれたのに嫌われたのは悲しいが、種族の違いはアルエットが努力したからといって、変えることはできない。できることがあるとすれば、夜伽以外で役に立つしかなかった。

落ち込みそうな自分を鼓舞しつつ服を着ると、オームが顔を出した。

「おはようございます。ユーエさんもそろそろ戻る時間だから、庭でお茶にしませんか」

「ありがとうございます。ユーエはきっと疲れてるから、助かります」

オームはお茶のセットがのった盆を二つ手にしていて、アルエットは駆け寄ってひとつ受け取った。ユーエはジャダーロと遊ばない時間は、使奴にまじって衛兵の居室《きょしつ》を掃除したり、皿洗いをしたりしているのだ。

中庭のテーブルに運ぶと、オームが椅子をすすめた。

「まだ少し元気がないようだから、お茶は心が落ち着くように、果物入りにしました」

「嬉しいです。身体はもう大丈夫なんですけど……すごくいい香り」

ありがたく座らせてもらい、アルエットはオームを見上げた。黒い耳と尻尾は狐のものだ。

「オームも、発情期はありますよね？　仕事に支障はありませんか？」

不躾《ぶしつけ》かな、と思いながらも気になって質問すると、オームは笑って首を横に振った。

「大丈夫です、発情期のときはちゃんと休みをもらいますから。それに、狐は年に一度だから、そんなに困らないですね。フウル族は年に数回で、人によってばらつきがあるって聞きました」

「はい。体調にもよりますけど、多いと年に五回来ることもあります。僕は年に一、二度なんですけど……」

アルエットはお茶のカップを手にため息をついた。よりによって急にハイダルの前で倒れてしまうなんて、運が悪かった。

「きっと、けがらわしいと思われてしまったんですよね」

明るい色合いのお茶を見つめて呟くと、オームが耳と首を一緒にひねった。

「ハイダル様がですか？　そんなことはないと思いますけど」

「——でも、いやがる人も多いでしょう？」

「たしかに、淫乱だって眉をひそめる輩もいるけど、ハイダル様はそういう方じゃないですよ」

そう言ってから、オームは納得顔で頷いた。

「もしかして、発情期中にハイダル様がいらっしゃらないから、嫌われたと思いました？　それでずっと元気がないんですね」

「きっ、嫌われたとか、そんな――」

アルエットは焦ってかぶりを振った。

「そもそも、好かれているわけがないです。ハイダル様は王様で、僕なんか事情があって仕方なくお城に置いてもらってるだけですから」

オームが楽しそうににこにこした。

「大丈夫ですよ。発情期中にアルエットさんを抱かなかったのは、万が一にでも子ができたら困るからでしょう」

「え？　子供？」

びっくりして、アルエットはカップを落としそうになった。

「僕、男ですよ？　……もしかしてオーム、僕が女性だと思ってました？」

「いやだなあ、そんなわけないじゃないですか。初日に裸も見ましたから、知ってますよ」

少しだけこぼれたお茶を拭いてくれ、オームは菓子の載った皿をすすめた。

「男性ですけど、鳥人だって獣人なんだから、人間の男性となら子供ができるでしょう」

「――え？」

驚きを通りこして、アルエットは何度もまばたきした。獣人なんだから、人間の男性となら子供ができる？　男でも？　そんなの、聞いたことがない。

　オームがアルエットの表情を見て、困ったように耳を動かした。

「知りませんか？　――旅商のところで働かされていたんですもん、もしかしたら、知る機会がなかったかもしれないですね。獣人の女性はもちろん、発情期中は相手の男性が獣人か人間かに関係なく身籠《みごも》ることができますが、獣人の男性も、相手の男性が人間の場合は、抱かれると身籠ることがあるんです」

「で、でも……僕、歌娼の仕事中に発情したときは、男だからいいだろうって言われたこと、あります」

「獣人なら知っている人も多いと思うんですけど、人間はまだ知らないことが多いんです。人間の男性と結ばれて子供を授かる獣人の男性というのは、すごく珍しくて、ごくわずかしか例がないそうです」

「オームはよく知っているんですね」

「私は狐の獣人ですから。私たちは自分たちの国を持っていなかったけど、だからこそ、狐やほかの獣人、人間についての知識が必要だったんです。文献もたくさんあって、獣人男性と人間の男性のあいだに子供ができた例も書き残されています。オルニスでは我々の文献をもとに、獣人についての勉強や研究が進められているんですよ。だからハイダル様も妊娠の可能性についてご存じで、万が一を考えてアルエットさんのことも抱かなかったんでしょう」

「そう、だったんですね」

　だったら、疎ましく思われたわけではないのかもしれない。アルエットはほっとしたが、オームのほうは逆に表情を曇らせた。

「だけど、残念だなあ」

「残念？」

「ええ。ハイダル様のご様子を見てて、今回はもしかしたら、と思ってたんです。今度こそ、後宮に長く大切な人を住まわせる気になってくださるか、いっそお妃《きさき》を迎える気持ちになってくださらないかなって」

　しみじみとした視線が、アルエットに注がれた。

「アルエットさんはすごく綺麗だし、初めて二回も抱かれたし、ハイダル様の態度もこれまでの女性や男性へのとは違うなと思ってたんですよね。これまでだったら、どんな相手でも一夜でおしまいでしたから」

「……そういえば、僕が聞いた噂でも、後宮に入れた人をすぐ追い出してしまうって」

「そうなんです。もちろん世間の噂は間違ってる部分もあって、殺したりはしませんけど」

　綺麗に整えられた中庭を見渡し、オームはため息をついた。

「アルエットさんにはハイダル様を人でなしみたいに思ってほしくないんですけど、ハイダル様は伴侶《はんりょ》を持つのが面倒だって、よく言うんですよ。もちろん私にじゃなくて、私がずっとお世話になっている、オルニス国の将軍、ガダンファル様に言うのを私が聞いてるだけですけど……お妃様にしても、後宮の人が相手でも、子供を作りたくないんですって」

「――子供、お嫌いなんですか？」

「違うと思います。ジャダーロ様のことは可愛がっていらっしゃるでしょう？　これは私の想像ですけど、たぶん誰のことも、愛したり好きになったりは、したことがないんじゃないかな」

ちくん、と心臓の奥が痛んだ。人でなしだとは思わないが、ハイダルが誰も愛さないのは、ありえそうだと思う。弟のジャダーロのことは大切にしているけれど、ほかの者はきっと、彼が心を傾けるほどの存在ではないのだ。

もの静かにさえ見える、落ち着いた佇まいや表情を思い出す。激情で乱れることのなさそうなあの姿は、頼もしいのと同時に、他人を寄せつけない雰囲気もある。

（……そんな人が、僕のことなんて、気に入るわけないよね）

「アルエットさんならハイダル様の特別な存在になれると期待してたのに、もったいないなぁ」

ため息をつかれ、アルエットは小さな痛みに気づかないふりで微笑んだ。

「僕が特別だなんて、ありえないですよ。ハイダル様は誠実な方だから、邪険にしないでくださっただけだと思います」

「私としては、早く妃を娶《めと》られてお世継ぎを作るのが、ハイダル様にとっても国にとっても一番いいと思うんですけどねえ」

「ハイダル様なら、ふさわしいお妃様候補もたくさんいらっしゃるでしょう」

「そのお妃候補を、ハイダル様は全員『要《い》らない』と帰してしまったんですけどね」

狐耳を大きく動かしたオームは、それから思いついたようにぽんと手を打った。

「わかりました！　ハイダル様、ご自分の気持ちに気づいてないのかも」

「え？」

アルエットは戸惑ったが、オームはその思いつきが気に入ったらしかった。

「きっとそうですよ！　発情したアルエットさんをわざわざご自分で運んできたくらいだし、贈り物したお相手なんていませんもの。アルエットさんのことを、無自覚のまま好きになってしまわれたに違いありません」

鼻息荒く言いきって、オームは楽しそうに握り拳を振り上げた。

「私は応援しますよ、アルエットさんのこと。ハイダル様もさっさとご自分のお気持ちを認めちゃえばいいんです」

アルエットは困って曖昧に笑った。オームが好意的で、よくしてくれるのはありがたいけれど、ハイダルがアルエットを、そういう意味で気に入ってくれるわけがない。

フウル族には王がいないから、アルエットもただの庶民だ。知らないことばかりで、力も弱く、七年も旅商――否、闇鋼のもとでうたって身体を売る以外、できることはなにもなかった存在だから、大国を統《す》べる王にとって、価値があるはずがなかった。

（首飾りだって、お返ししなきゃって思ってるのに……）

オームはずいっと顔を近づけた。

「その顔は信じてませんね？　私は王宮でハイダル様にお仕えしてもう五年です。だからわかるんです。ハイダル様は、絶対アルエットさんのことを特別に――」

「俺がどうしたって？」

ふいに声が割り込んで、アルエットとオームははっと振り向いた。ハイダルが中庭に下りてくるところで、すぐ後ろにはユーエもいた。ユーエはぱたぱたと駆け寄ってくる。

「ただいま、兄さん。途中でハイダル様にお会いして、兄さんのところに行くって言うから一緒に来たんだ」

抱きついたユーエは、ふふ、と嬉しそうに笑った。

「ゆっくり楽しんできてね」

「楽しんできてって、なんのこと？」

意味がわからずユーエを見つめると、彼はハイダルを振り返った。いつもの青と金の服装ではなく、ごく簡素な、旅人のような装いで、ハイダルは咳払いした。

「アルエットが発情期になる前に、街に連れていくと言っただろう？　遅くなったが、今日ならゆっくり時間が取れる。――発情は、もう大丈夫か？」

「それは……はい。ご迷惑をおかけしました」

　頭を下げながら、かあっとうなじが熱くなった。淫らだと思われていないとしても、ハイダルの口から「発情」と言われると、ひどく恥ずかしい。きゅっと身体の前で手を組んで俯くと、近づいてきたハイダルがアルエットの手を取った。

「顔を見せてみなさい」

　右手でアルエットの手を握りながら、左手では顎を掬い上げてくる。上を向かされて視線があうと、ハイダルはほっとしたように微笑を浮かべた。

「ああ、顔色はよさそうだな。少し赤いが」

「……っ」

　言われるそばから、よけいに顔と身体が熱くなった。見守っていたオームとユーエが、嬉しそうに顔を輝かせて、出そうになった声を無理に飲み込んでいる。喜んでいる二人に気づいていないのか、ハイダルは指先で耳の飾り羽の付け根を撫でた。

「約束どおり、アルエット用に箱を買いに行こう」

　手つきも、眼差しも、穏やかで包み込むように感じられ、じゅわりと胸の真ん中が熱くなった。違う、とわかっていても、胸がどんどん高鳴りはじめる。

「ありがとう、ございます」

　オームとユーエは手を取りあったまま、なにやらぴょこぴょこしている。声に出さずに「頑張って」と励まされ、余計に顔が火照った。

（勘違いしちゃだめ。気に入られるなんて、そんなわけないんだから）

でも、どきどきしてしまう。顎と手首を掴むハイダルの肌の熱が、いたたまれなく思えた。有無をいわせない強さなのに、優しく感じられるのが苦しい。分不相応な扱いを受けている申し訳なさだ、と思おうとして、アルエットは唇を噛んだ。

「――支度を、してきます。少しだけ待っていただけますか」

そっとハイダルの手から逃れながら、どうしよう、と眩暈がした。

恥じたり、恐縮したりしなければいけないのに、心の中に芽生えた感情は真逆だった。

（……もっと、触ってほしい――）

手を掴むのではなく、身体を引きよせてほしかった。この前してくれたみたいに、髪を撫でてほしい。大きな手で労わるように、大切なものをいつくしむように――触れて、ほしい。ハイダルにとっての自分が、取るに足りない存在だとわかっているのに、こんなことを願うなんてどうかしている。

発情が終わってないみたい、と恐ろしくて、足早に室内に逃げ込み、アルエットはそこで座り込んだ。全身が小刻みに震えている。心臓は速く、身体の芯がきゅうきゅうとよじれているようだ。痛いのに、不快ではない、甘酸っぱいような苦しさ。

知らない、初めての感覚だ。

にもかかわらず、これがどういうことなのか、自然とわかった。

（――僕、ハイダル様が好きなんだ……――）

砂漠のふちの地域では、一年を五つの季節にわける。短い雨の季が終わったあとの「緑の季」は芽吹いた緑が育っていきいきとする、過ごしやすい気候だ。昼の暑さがまだ弱い分、夜の冷え込みも厳しくなく、一年の中でもっとも人が移動する時期でもあった。

そのせいだろうか。ハイダルが連れていってくれた市場は、さまざまな人が行き交っていた。

薄い色の肌の人間や、濃い褐色の肌の人。狐の獣人に狼の獣人。西の帝国から来たのか、金色の髪の人もいるし、色鮮やかで変わった模様の、変わったかたちの服を着た人もいた。たしか、砂漠のふちをずっと南のほうへたどっていった遠い国の服装だ、と思い出して、アルエットはその背中を見送った。

「オルニス国には、すごく遠くからも人が来るんですね」

「ここはもともと、オルニス国が征服したウラ・テイマという国の首都だった場所だ。我が国の領土になる前から、交通の要衝《ようしょう》としてさかえた街だからな」

ハイダルは大通りの上を指差した。

「こうして建物と建物のあいだに幕をわたして日差しを遮り、真昼でも楽に売り買いができるようにと考えられたのは、相当昔のことらしい」

アルエットも上を見上げた。十人が横に並んで歩いてもまだ余裕があるほど大きな通りの両脇には、どこにでもあるような石造りの建物が並んでいる。珍しいのはハイダルが指さした幕で、両脇の建物を支柱にして、通りに天井を作るように張られているのだった。おかげで通りはほんのりと暗いが、光は布を通り抜けるから、暗すぎるほどではない。店先には色とりどりのランプが吊るされていて、かえって美しかった。

「お祭りみたいです」

フウル族ではこの季節、豊かなみのりを願って祭りがあるのだ。青や赤、橙に染めた布を木枠に張って、中に火を灯して湖に流す。みんなで豊穣《ほうじょう》や喜びの歌をうたい、とっておきの果実酒を飲んで夜を明かすのは、子供にとっても特別な行事だった。

「俺も初めて来たときには、毎日が祭りのような人の数だと思ったな」

ハイダルはゆっくり歩きながら、箱などの雑貨を売る店を探しているようだった。アルエットは足元に視線を落とした。

用意してもらった真新しい革靴が、足を覆っている。こんなに丈夫な革靴を履いたのは生まれて初めてだ。頭には、羽耳を隠すために頭布をつけてきた。街の中で暮らすにも、日中の日差しをさえぎるフードや頭布はほとんどの人が使うが、飾りのついた紐を結んでとめる頭布は面倒だからと、庶民で身につけている人は少ない。旅人か、あるいは裕福な者かだ。

高価な靴や上等な頭布も、ハイダルにとってはいくらでも手に入るものだろうけれど、アルエットにとっては舞い上がりたいほどのものだ。身につけるだけでも、大切に扱われている気がしてどきどきしてしまう。

ハイダルのほうは、砂漠の中で暮らす民がよくするように、布端を結ぶだけのかぶり方をしていた。飾り気のない服装も、凛々《りり》しさを感じる頭布のつけ方も、ハイダルにはよく似合う。端整で男らしい姿をまともに見られなくて、アルエットはずっと視線を逸らしていた。

「この店はどうだ？」

かるく腕を引かれ、彼のほうは見ないまま、店先に並んだ品物を眺める。箱やかご、小さな棚や手提げ袋など、どれも刺繍《ししゅう》や模様が施されていた。出てきた店主が、ハイダルの姿を見ると、ごく丁寧に挨拶した。

「これはこれは、オルニスの軍人の方ですかな。お立ち寄りいただけるとは光栄でございます」

店主はハイダルが王だとは気づいていないようだった。庶民は普段、王を目にする機会がない。祭りなどで王が人前に出る場合でも、民からは遠く、豆粒程度にしか見えないものだ。その王がこんなふうに、ふらりとやってくるとは夢にも思わないのだろう。

それでも、身分が高いのはなんとなくわかってしまうらしい。店主は恭しい態度だった。

「もしよろしければ、奥のほうに上等な品もご用意しております」

「今日は連れに選ばせるつもりで来たんだ」

揉み手する勢いの店主に、ハイダルが笑って首を横に振った。

「高価なものだと遠慮してしまうから、このあたりの皆が気軽に買えるくらいのものがいいだろう?」

振り返ったハイダルに見つめられ、アルエットは頷いた。

「はい。できたら、僕が働いてお返しできるくらいの値段がいいんですけど……」

並んだ布の細工ものは、どれもそれなりに手がこんでいて、安そうには見えない。ただの木箱でいいです、と遠慮しようとしたが、ハイダルは手近な台から布を貼った箱を手にした。

「このくらいの大きさがいいんじゃないか。色は、アルエットなら緑か——いや、青もいいか」

ハイダルは二つ取って、アルエットのほうに差し出してくる。白く花の模様が染め抜かれた布は、緑も青も鮮やかだ。蓋もついていて、開けると細い蔓《つる》を丁寧に編んで作ってあるのだとわかった。

「どっちがいい?」

「僕が、選んでもいいんですか?」

目を丸くして、アルエットはハイダルを見上げた。ハイダルは「当たり前だろう」と笑う。

「選んでもらうために来たんじゃないか」

アルエットにとっては、全然当たり前ではない。選べる、というだけでも贅沢だし、しかも選んだら、それがもらえるのだ。

どきどきしながら、アルエットは指差した。

「じゃあ、こっちの緑色にします。でも、もっと小さいので十分ですよ？」

「これより小さかったらあまり入らないだろう。もう一回り大きくてもいいくらいだ……が、アルエットでも持ち運びが楽なのはこの大きさだな。二つとも買おう」

「二つなんて、いただけません」

首を振ったのに、二個とも店主に渡したハイダルは、ぽんぽんと頭を撫でてくれた。

「ひとつはアルエットが選んだもので、もうひとつは俺が選んだものだからいいだろう？」

頭布ごしでも、あたたかな手のひらにきゅっと息がつまる。すごく嬉しくて、それをハイダルに伝えたいのに、うまく言葉が出てこなかった。

「……ありがとう、ございます」

小さな声でお礼だけ言うと、満面の笑みを浮かべた店主が、蔓編みの箱をわざわざ麻袋に入れてくれた。それをハイダルに渡すと、アルエットには小さな木の皮の包みを押しつけてくる。

「扁桃《へんとう》の種です。おいしいですから、どうぞ」

アルエットは困ってしまった。小さいころ、フウルの里ではおつかいをしたこともあるけれど、以来買い物はしたことがない。こんなふうに買っていないものを渡してくるのが普通なのだろうか。酒場だと、酒や食べ物をアルエットに与える男はみな、その分激しい奉仕や特殊な行為をしたい人ばかりだった。

もしかしたら羽耳を隠していても、男娼のように見えるのかも——と思ったのだが、ハイダルを見上げると優しく頷かれた。

「もらうといい、店主の厚意だ」

「……ありがとうございます」

おずおずと受け取ると、店主は愛想よく笑った。

「いえいえ、旦那のような立派な方に買い物していただけるのは光栄ですから。お連れ様も、またうちをご贔屓《ひいき》にどうぞ」

「は、はい」

おじぎされて思わず頭を下げ返し、店先を離れてから、アルエットはハイダルを見上げた。

「お店の人、ハイダル様が買い物してくれて嬉しそうでしたね」

「そうだな。このあたりは以前治安が悪かったから、民にとってはオルニス軍は救世主のような存在らしい」

「救世主？」

「交通の要衝だったが、その分金目のものが集まるからと、賊も多かったし、王族は水や酒の権利を独占していて横暴だったんだ。俺が初めて戦に出て、勝ったのがこの土地だ。勝利後、オルニス軍が街に入るときには、住民たちが総出で花を撒《ま》いて歓迎してくれた。今でもそれを祝って祭りが催《もよお》されるくらいだ。そこまで絶賛されるようなことでもないが、街に活気があるのはいいことだから、祭りは好きにさせている」

他人事のように言って、ハイダルはアルエットの腰に手を回した。

「扁桃の種は歩きながら食べるか？」

「いいえ、あとにします」

「ならばここに入れておくといい」

開けてもらった麻袋に扁桃の種の包みを入れ、そのまま受け取ろうとすると、ハイダルはひょいと遠ざけてしまう。

「荷は俺が持つ。せっかくだから、ほかの店も見て回ろう」

「――はい」

ぽわっと胸が熱くなった。軽いとはいえ、荷物を持ってくれるなんて、なんて優しいんだろう。国民から慕われる立派な王様なのに、と思うとまた心臓がどきどきしてきて、アルエットは目を伏せた。ハイダルの片手はまだ腰に回されたままだ。さりげなく離れようとすると、ぐっと引き戻された。

「そばにいろ。人が多いから、はぐれると困る」

今度はきゅうっと喉と胸が疼いた。

この程度の扱いは、ハイダルにとってはなんでもない、当然のことなのだろう。でも、アルエットにとっては、王子様にでもなったような心地だった。

こんなふうに優しくされたのは、フウルの里を出てからは初めてなのだ。人間は、踏み躙《にじ》ってもいい、と感じた相手にはいくらでも残酷になれる。身をもって知っているからこそ、ハイダルの優しさが特別に思えてしまう。

アルエットはどきどきしながら、そうっとハイダルの服の端を握った。

(――幸せだなぁ……)

両親と暮らしていたころも幸せだったけれど、当時はそれが当たり前で、自分がいかに恵まれているか全然わかっていなかった。今は違う。怯えずに街を歩けること、ひとりではなく守るように寄り添ってくれる人がいることは、とてもとても幸せで、幸運なことだ。

「なにかほしいものはあるか?」

服の端を掴んだアルエットの手を微笑ましげに見遣《みや》り、ハイダルが聞いてくる。

「?　もう箱は買っていただきました」

「箱のほかに、だ。ユーエに、なにか土産を買っていってもいいんだぞ」

「でしたら、さっきの箱をひとつ、ユーエにあげます」

「欲がないな。ほしいものがないなら、なにか食べてから帰ろう。この先を曲がったところに、果物を出す店がある」

好きだろう、と視線をあわせせられ、なんだか足元がふわふわした。意識しないまま小さく頷くと、こっちだ、と腰を引かれる。力強いその感触にも、ぽわんと心が弾んだ。

「この時間ならすいているから、ゆっくり食べられるぞ」

「ハイダル様は、よくこうやって、街に出るんですか?」

「たまに、だな。王宮にこもって臣下からの報告を聞くだけでは、わからないことも多い。

——というのは建前なんだが」

ハイダルは悪戯《いたずら》っぽく目を輝かせた。

「子供のころはよく城を抜け出していたから、今でもたまにやりたくなるんだ。怒られるから、視察だということにしてる」

冗談めかした口調に、アルエットもつい笑ってしまった。

「町の人が知ったら喜ぶと思いますよ。みんなハイダル様のことは誇りに思っているみたいだし、王様が自分たちの生活を気にかけてくれるなんて、すごく嬉しいことだもの」

「そう言われると、もう少し抜け出してもいい気がするな」

ハイダルも笑い、こっちだ、と小さな道に足を踏み入れた。知らなければ見落とすような、せまい路地だ。覆い幕がないため日差しが降り注ぎ、白く眩《まぶ》しい。人どおりはなかったが、両側の建物のうちのいくつかは店のようで、布をひさしのように張り出した下に、路地をほとんどふさぐかたちでテーブルや椅子が置いてある。

そのうちのひとつでハイダルは足をとめ、中に声をかけてテーブルについた。いらっしゃい、と顔を出したのは、髪が白くなる年齢の女性だった。恰幅《かっぷく》のいい身体をゆすりながら、「久しぶりじゃないかい」とハイダルの肩を叩く。

「あんまり来ないから、南のほうに戻ったのかと思ってたよ」

「乾《かん》の季には行かねばならないが、まだこっちで仕事があるんだ」

「乾の季にかい。役所の人だか貴族だかは大変だねえ。でもしっかり働いとくれよ。偉大な我らがハイダル陛下のためだからね」

気さくな女性は、目の前の男がそのハイダル王だとは夢にも思わないらしい。けっこうな力でばしばしとハイダルの肩を叩いて、彼を苦笑させた。女性は機嫌のいい顔で、アルエットにも目を向けてくる。

「お連れさんもいつものでいいかい?」

「いつものに、葡萄があれば入れてくれ」

アルエットのかわりにハイダルが答えると、女性はまた彼の肩を叩いた。

「はいよ、葡萄ね」

店の奥に戻っていった彼女は、数分で大きな器を持って戻ってきた。どんとおかれた器の中には、いろいろな果物が盛りつけられ、赤いシロップと白蜜がかかっている。

「わ、ぁ……、懐かしいです」

葡萄や覇王樹《はおうじゅ》の実、デーツやすももなど、そのときにある果物や干した果実に、柘榴《ざくろ》のシロップとミルクを甘く煮詰めた蜜をかけるのは、フウルの里や近隣の土地では一般的な食べ方だ。フウル族なら、朝や昼に食事がわりにもする。大人はこれに酒をかけることもあって、見ればハイダルのほうには小さな酒瓶が添えられていた。

「オルニスでもこうやって果物を食べるんですね」

さっそく大きな鉄さじを手にすると、店の女性が目を丸くした。

「おや、クラーナのほうの出身かい？」

「……ええ、まあ」

鳥人だと知られないほうがいいのかと、曖昧に濁したが、女性は気にならなかったようで、そうかい、と楽しそうに頷いた。

「いいところらしいねえ。昔はフウルの土地とかクラーナ国みたいに、果物がたっぷり採れるところでだけの食べ方だったけど、最近じゃ、オルニス国はどこでも果物が手に入りやすくなったからね、首都でも流行《はや》ってるよ。うちにもよく若い娘たちが連れ立って来るんだ。この時間は学校があるから暇だけどね」

「がっこう？」

聞きなれない単語に首をかしげると、女性は誇らしそうに胸を張った。

「あたしらみたいな庶民の子供でも、勉強を教えてもらえる場所さ。ハイダル陛下が作ってくださったんだよ」

アルエットは思わず向かいのハイダルを見た。ハイダルはやれやれ、と言いたげに肩を竦める。

「これからは戦がなくなり、必要なのは力よりも知識になる。勉強して知識を蓄《たくわ》えれば、新しい商売や作物の育て方、道具も自然と生み出されていく。人を飢えさせないだけでなく、育てていくのも王の仕事だ——と、よく言っているらしいな、王は」

「あんたも王を見習って、直接謁見させてもらえるくらいになりなさいな」

店の女性はもう一度ハイダルの肩を叩き、アルエットには笑いかけた。

「うちの果物はクラーナ産が多いからね、おいしいよ。ゆっくり食べてって」

「ユーエの分は買って帰るから、安心して好きなだけ食べなさい」

ハイダルにもすすめられ、アルエットはさじで果物をすくった。大好きだったのに、故郷を離れてからは一度も機会がなかった食べ方だ。口に入れると、甘さが身体に染み渡った。

「おいしいです、すごく新鮮なんですね」

「最近では果物専門の商人がいて、傷《いた》まないように、冷たい水と一緒にして運んでいるらしい」

ハイダルは酒をたっぷりかけて食べながら、テーブルの上に指で地図を描いてくれた。

「ここがフウル族の湖だとすると、元のクラーナ国領はこのあたりまでだ。オルニスの現在の首都はこのへんにある。湖までは、馬で十日ほどの距離だな。途中で馬をかえて飛ばせば、もっと早く着く」

「じゃあ、あの王宮も、もともとはオルニス国のものではなかったんですか?」

荘厳な雰囲気はオルニス風なのかと思っていた。

「ああ。ウラ・テイマ国のものだったが、我が国が征服した折に、本宮だけはオルニス風に内装を変えたんだ。後宮はそのままだから、雰囲気が違うだろう?」

「そういえば、天井の模様が違いますね」

知らないことばかりで面白かった。甘酸っぱい柘榴のシロップと葡萄を飲み込み、アルエットはテーブルの上の、見えない地図を見つめた。

「昔のオルニス国の街も、見てみたいです」

行くことはないだろうけど、と思いながら呟くと、ハイダルが首をかしげた。

「旅商と旅をしていたのに、一度も通ったこともないか?」

「ないんです。ヤズはオルニス国の中にはあんまり入らなくて、使うのは砂漠の中の街道がほとんどでした。オルニス国を通るときでも決まったルートを、長居しないで通り過ぎるだけだったから」

「ああ、以前に言っていたな。その決まったルートというのは、地図を見ればわかるか?　闇鋼の隠れ家を暴《あば》けるかもしれない」

　ぐっと身を乗り出してきたハイダルに、アルエットは申し訳なく思いながら首を横に振った。

「地図はあんまり見たことがなくて……地図の上のどこを通ったかは、わからないと思います」

「街や村の名前で、覚えているところは?」

「それなら、いくつかは。でも、ユーエのほうが詳しいと思います」

「ではあとで、ユーエとも協力して教えてくれ」

　言ってから、ハイダルは苦笑した。

「詫びのつもりが、頼みごとをしてしまった。すまないな」

「いえ、いいんです。お役に立てなくてごめんなさい。でも……お詫びって?」

　ハイダルがアルエットに対して謝ることはなにもないはずだ。ハイダルは、やや気まずそうに視線を逸らした。

「さっきオームに叱られたんだ。発情が四日か五日で終わるとわかっているのに来ないから、アルエットが気にしていたと聞いた。けがれているだとか、淫らだと思っているわけじゃないんだ。傷つけたなら謝る。すまなかった」

「……と、とんでもないです」

　さあっと身体が熱くなった。オームってば、とここにいない彼の顔を恨めしく思い出す。応援するなどと言っていたけれど、本気でハイダルがアルエットを気に入るはずがないのに。

「僕はべつに、傷ついたとかじゃなくて……その、ハイダル様が発情なんていやだと思っていても当然ですし」

「いやだなんて思っていないぞ。獣人にとっては自然な生理現象で、なければ困るだろう。――本当なら、すぐにでもフウルの土地に帰してやればいいんだが、もう少し時間がかかりそうで、それも詫びなければと思っていたんだ」

ハイダルは手を伸ばすと、頭布に隠された飾り羽のあたりを撫でた。

「仲間と会えないままでは寂しいだろうな。だが、あと少しの辛抱《しんぼう》だ」

「――――はい」

優しい、と思うのと同時に、たまらなく悲しくなった。あと少し、なのだ。ハイダルのそばにいられるのも、残りわずかな時間だけ。

アルエットの顔を見て、ハイダルがなだめるように頭を撫でてくれる。

「不安がることはないぞ。闇鋼のことが片づけば、アルエットものびのび暮らせるようになる。俺はもう戦をする気はないから、旅がしたければ自由に行けるし、旧オルニス国領なら俺が連れていってもいい。無骨で面白みはないが、頼りになる部下に任せてあって、治安はいいし活気もある。砂漠から朝日が昇る景色は、言葉が出ないほど美しいんだ」

「……」

そんなことまでしていただけません、と首を振ろうとして、アルエットは唐突に喉がつまってさじを置いた。行きたい。連れていってほしい。それで少しでも、ハイダルといられる時間が長くなるなら。

（――いやだな。僕、こんなことばっかり考えて……）

好きだ、と気づいたことで、気持ちが昂るのが抑えられない。叶わない恋なのだから諦めればいいのに、せつなさが強まるばかりで、心が溢れ出しそうだった。

「やはりまだ、体調が戻りきらないようだな」

ハイダルがため息をついた。

「無理をさせて悪かった。食べ終わったら帰ろう」

食べる途中で俯いたアルエットの具合がよくないのだと思ったようだ。アルエットは急いでさじを持ち直した。

「違うんです。ただ――ハイダル様が、あんまり優しいから、その……感激、してしまって」

「優しくはないぞ」

口いっぱいに果物を頬張ったアルエットの頭を、ハイダルはまたかるく撫でた。

「アルエットだって、怖いと言っていたじゃないか」

「あれは――あのときは、そう思ったけど、今は知っています。ハイダル様は、僕が会ったなかで一番優しい方です」

「おまえに対しても、優しくはできていないがな」

苦笑したハイダルがアルエットの言葉を本気にしていないように思えて、アルエットは「本当です」と言い募った。

「ハイダル様は、優しくて誠実です。わざわざ贈り物をしてくださったり、思いやりのある言葉をかけてくれたりするじゃないですか。それに、いっつも頭を撫でてくれるから僕、あれが嬉しくて、幸せな気持ちになります。父さんや母さん以外に、こんなに大切にしてくれる人がいるなんて、初めてだから」

「おやおや、愛されてるねえ」

力説したアルエットの後ろから、店の女性がからかうように声をかけてきた。手に持っていた包みをテーブルに置くと、にんまり笑った彼女は、ハイダルのこともからかう目つきで眺めた。

「この人が誰かを連れてくるなんて初めてだ、恋人だろうと思ってたけど、やっぱりだね。ただの堅物《かたぶつ》かと思ったら、こんな別嬪《べっぴん》さんを射止めるなんてやるじゃないか」

「いや——彼は」

ハイダルは微妙な顔で言い淀む。店の女性は「照れなさんな」とその背を叩いた。

「うまいこと結婚まで持ち込めるように、あたしも手助けしてあげようと思って、とっておきの焼き菓子も持ってきたからね。ナッツと乾燥させた果物を入れて焼いてあって、毎日売り切れるんだよ。持って帰って二人で食べな」

片目をつぶってみせ、女性は店の中に戻っていく。ハイダルは明らかに困った表情でため息をついた。

「恋人だの結婚だの、ひどい勘違いをされたな。アルエットも、すまない」

「……いえ」

大丈夫です、と言おうとして、言えなかった。喉が痛い。胸も切られたようにずきずきして、ハイダルの顔から目が離せなかった。

困惑というより、嫌悪するみたいな表情だ。それだけ迷惑に思われたのだろう。アルエットが恋人だなんて、街の人に誤解されたくないのだ。

ハイダルがなにか言おうとして、アルエットの表情に気づいた。いっそう眉をひそめた彼は、さっきよりも深いため息をついた。

「アルエット。まさかとは思うが、惚《ほ》れてくれたわけではないな?」

「……僕、は」

かたん、と手からさじが落ちた。ハイダルの視線はきっぱりと冷静だった。

「好意は嬉しいが、おまえのことは後宮にとどめておくわけにはいかない。好いてもらっても応えられないんだ」

淡々とした声音がかえって耳に痛くて、アルエットは微笑もうとして失敗した。

「わかって、ます」

自分が、ひどい思い上がりをした恥知らずに思えた。

(馬鹿みたい。一方的にだって、僕が恋なんてしたら、ハイダル様には迷惑なだけなのに)

「心配しないでください。優しくしていただくのに、僕が慣れてなかっただけで……ハイダル様はそんなつもりじゃなかったって、わかってますから」

「そんな顔をさせてすまない。だが、俺はおまえが思うような、優しい人間ではない。後宮でも誰も長続きしないと、噂は聞いたことがあるだろう？」

ハイダルはなだめる表情になって、アルエットのほうへと手を伸ばした。だが髪を撫でることなく戻して、ぐっと拳を握る。

「強国の王になると、征服した国の姫や近隣の国の姫、豪族の娘を差し出されるようになる。安全を娘の身体で買い、あわよくばオルニス国内で権力を握ろうと考える者は多いんだ。フウル族も愛鳥という名で人質を差し出してきただろう？　あれと同じだ。一人受け取れば、全員全員を受け入れるしかなくなる。誰かを孕ませれば、その実家がつけあがる。妃を持てば、ほかの領地の者は不満に思う。いずれ争いの火種になるのは確実だ」

わかるか、と尋ねられて、アルエットは小さく頷いた。苦しかった。丁寧に説明してまで、アルエットを拒絶しようとしていることが。けれど同時に、やっぱり優しい、とも思う。

ハイダルは王だ。アルエットはすでに失われた国の、名もなきひとりにすぎないのだから、拒絶も命令も一方的にすればいいだけなのに。

「大国を治めることになった以上は、王として長く平和を保たねばならない。誰を娶るか、誰に子供を産ませるかは熟考が必要だが、そもそもが、王の子が次の王になるのが最善とは言えないだろう？　バラーキート国はいい例だし、神話にもあるとおり、王位を争って衰退《すいたい》する国は多いのだからな。それに、王の力量で国の豊かさや行末が左右されるのはあまりにも不安定だ。この先は必ず、戦よりも国同士が友好的な関係を築き、ともに発展していくような付き合い方になる。だがそのためには、国自体が安定していなければだめなんだ。フウル族には王がいなくて、議会ですべてを決めていたと聞いて、いずれは我が国でもそうしたいと考えている。王位はジャダーロに継がせ、俺と二人でできるだけよき政《まつりごと》を敷き、そのあいだに国を支えていく仕組みを作りたい。王さえいればいい、という皆の考えを変えていくためにも、俺は世継ぎはもうけないつもりだ。――それでも後宮にときどき人を入れるのは、肉欲の発散のためだ」

そう言うと、ハイダルはひと呼吸おいた。

「要は、ただ抱くためだけに後宮がある。元来、女に惚れたことはなくてな。必要なのは肉体だけで、この先も、それを変える気はない。アルエットが後宮にとどまりたいと思ってくれても、幸福には感じられないはずだ。フウルの土地に戻って、同じフウル族と結ばれるのが、おまえにとっても一番いいんだ。つらい思いをしたぶん、アルエットは幸せになるべきだ」

「……はい」

どうにか淡く笑みを浮かべて、アルエットは胸を押さえた。

きっとハイダルにとって、もっとも大切なのは国なのだ。王になるべくしてなった人だから、普通の人のような恋や愛情とは、抱く感情も違うのだろう。アルエットには難しいことはわからないけれど、多忙な様子を見れば、国を治めるのが大変なのはわかるし、これまでと仕組みを変えるなら、もっと大変に違いない。

アルエットとは、住む世界が違う。

「僕のことも考えてくださって、ありがとうございます。フウルの里に戻れるなら、嬉しいです。――でも」

立派な人だから勘違いしたんだ、とアルエットは思おうとした。この気持ちは、きっと恋じゃない。だって、今まで恋をしたこともないのに、「これが恋だ」なんてわかるはずがないのだから。強い感謝と、誠実に接してもらったことの嬉しさが、あまりにも強かっただけだ。

だからこそ、ちゃんとしなければならない。

殺そうとしたのに、勘違いするほど優しくしてもらって、幸せな時間を過ごさせてもらって、このまま二度と会えなくなるのはいやだった。

「僕は、ハイダル様がよくしてくださった分は、ご恩返しがしたいです」

「……アルエット」

「だって、今日が人生で一番、幸せなんです。お役に立てるようなことはほとんどできませんけど、一度は妾がわりに使ってもいい、と思ってくださいましたよね」

「あれは……俺も軽率だった。おまえのこれまでの境遇を思えば、抱くべきではなかった。望まずに身体を売るのはつらかっただろう?」

眉をひそめたハイダルは苦い表情で、後悔しているかのようだ。

見ると、彼の優しさは人としての誠実さにすぎなかったのだ、と腑《ふ》に落ちた。髪を撫でるのも、慮《おもんぱか》る言葉も、ハイダルにとっては誰にでも向けられるものでしかないのだろう。

立派な王。きっとこの先も、民に慕われ、強く豊かな国を導いていき、逸話《いつわ》や伝承の歌に残るような人。

ハイダルの前では、アルエットはただ少し綺麗な声でうたえるだけの存在だ。でも。

(でも、役に立ちたいです、ハイダル様)

役に立つ方法を考えろ、と言われたときは嬉しかった。間違いだらけで価値がないアルエットでも、必要としてもらえる気がしたから。

「平気です。僕がまともにできるのは、ご奉仕くらいなものですから。ハイダル様をお慰めするのなら、苦痛じゃないです」

「——アルエット」

もの言いたげなハイダルに向かって、アルエットは言った。

（好きだなんて、言いませんから）

「どうか、お好きに使ってください」

「しかし――」

「子供はいらないんですよね。だったら、僕なら人間の女性より安全でしょう？　発情期じゃなければ、安心して発散してもらえるし、新しく人を入れたり追い出したりするよりは、手間もかかりません。ハイダル様が闇鋼のことに決着をつけるまでの、短いあいだだけでもいいんです」

早口になったアルエットに、ハイダルがなにか言おうと口をひらく。気がつかないふりをして、アルエットはなおも続けた。

「大切にしていただきたいとか、ずっといたいとか、わがままは言いません。僕がハイダル様に思うのは――きっと、尊敬、みたいなものだから、ただの道具だとしてもお役に立てれば、それでいいんです」

とうとうハイダルは渋面《じゅうめん》になった。

「自分がなにを言っているのかわかっているのか？　好んでつらい思いをしたい、と言っているのと同じだぞ」

「ハイダル様のためなら、つらくないです」

「――俺が、そんなことをする必要はないと言ってもか」

苦い口調はまるでアルエットの申し出を疎ましく感じているかのようだ。それがかえって、彼のためになにかしなければ、というアルエットの思いを強くした。少しでもいい。一度でもいい。誰かのために、ちゃんと役に立ちたい。

厚かましい願いごとをしているのだから、疎ましがられるのは当然だ。アルエットは思いきってにっこりした。

「僕にできることを、したいと思ってはいけませんか？」

「――おまえは、どうして……」

ハイダルはため息とともになにか言いかけ、諦めたように口を閉ざした。器が空になっていないのに立ち上がる。

「よくわかった。これからは、おまえのことは道具のひとつとして扱う」

唐突なくらいの冷たい声は、どこかぎこちなく聞こえた。布張りのかご箱と扁桃の実が入った袋を突き出され、アルエットが受け取ると、ハイダルは硬い表情を隠すように身体の向きを変えた。

「優しくは、しないからな」

「はい、わかっています」

念を押されて頷いたけれど、ハイダルはアルエットの存在など目に入らないかのように、大股で歩き出した。言葉だけでなく態度でも突き放すかのようで、怒らせたのかも、と不安になる。

小走りにハイダルの背中を追いかけながら、でもこれでいいんだ、とアルエットは思おうとした。邪険にされるくらいでかまわない。道具としてでも、使ってもらえればいいのだから。

そう考えても、なぜか心臓の中心あたりが、凍ったように冷たく思えた。

それきり、ハイダルはぱったりと姿を見せなくなった。

ジャダーロも後宮には入らないようにと言いふくめられたようで、ときおり逃げ出してやってきては、侍女のミラや、教師の老人に連れられて、不貞腐《ふてくさ》れて帰っていった。

アルエットはユーエとともに、掃除の仕事を与えてもらった。ユーエが今までやっていた衛兵たちの居室の掃除をアルエットが担当し、ユーエは王宮の、議会や控えの間の掃除を手伝う。人のいない時間に掃除しなければならないので、早朝から昼までが忙しいが、毎日仕事があるのはありがたかった。

ヤズのところと違って、食事はきちんと提供されるし、眠る時間も休む時間も、自由にくつろげる時間もある。オームが日常の世話を続けてくれているし、眠る場所はふかふかの寝台で、汗をかいた身体も毎日洗えるから、贅沢なくらいだった。

ありがたい、と心から思うのに、ときどき、掃除をする手がとまってしまう。

（もう二十日だ……）

衛兵たちの使う区域から、使用人たちが使う裏へと続く廊下を清める箒《ほうき》を握ったまま、アルエットはため息を飲み込んだ。ハイダルが来ない日を、どうしても数えてしまうのだ。掃除用の使奴だって、「道具」ではあるから、ハイダルが決めたことなら従うしかないのだけれど、心にはぽっかりと穴があいたようだった。

寂しく思うのがまた、我ながら厭《いと》わしい。どこかでまた抱いてもらえることを期待していたみたいで、自分が浅ましく思える。

せめてちゃんと仕事しなきゃ、とアルエットは首を振った。箒を動かしはじめると、廊下の窓の外を、使用人たちが通る気配がした。これから休憩なのだろう、男女入りまじってしゃべりながら近づいてくる。その声の中にミラの声を聞き取って、アルエットは思わず身体を硬くした。

「今日は午後にはジャダーロ様のお好きな焼き菓子をお持ちしなくちゃ。昨日と今日は抜け出そうとしないから、ようやく諦めてくれたんじゃないかしら」

機嫌のいいミラの声に、よかったですね、と別の使用人が応じる。

「ジャダーロ様はあの鳥人たちになついていたけど、教育上よくないもんな」

「ええ、まったくそのとおりよ。陛下がいくら寛大でもね、兄は陛下を殺そうとしたんだし、弟のほうだってあやしいものよ。信用するほうがどうかしてるんです」

「でもオームは、二人ともいい人だって言ってましたよ」

別の女性が控えめに言うと、ミラは気分を害したように、冷ややかな口調になった。

「罪人が反省してるってだけですよ。一度罪を犯したんだから、後宮にいる資格はないの。本来だったらあそこは、オルニスの由緒正しい家柄のご令嬢か、属国になった領地の姫君かが侍《はべ》る場所なんですよ。ふさわしい方を迎えていただかないと、ジャダーロ様のためにもならないわ」

「大丈夫ですよ、最近じゃ普通の使奴みたいに、二人とも働いてるでしょう」

機嫌を取るように男性の使用人が明るく言う。そうね、とため息をついたミラが、アルエットが身をひそめた窓の外を通りすぎた。

「わたしだって、鳥人のことはかわいそうだと思っているのよ。あの湖のそばで暮らしてくれている分にはかまわないの。陛下がどうしてもっていうなら、後宮にひとりくらいフウル族がいてもいいと思う。ただ、あのアルエットは罪人だから、王や王弟殿下にふさわしくないというだけ。――陛下もやっと、わかってくださったようでよかったわ」

そうですね、とか、本当に、とか、相槌《あいづち》をうつ声も遠ざかっていく。アルエットは床を眺めて、声が完全に聞こえなくなるまで待ってから、一心に箒を動かした。

罪人、という言葉が胸に刺さっていた。でも、ミラの言うとおりだ。ハイダルが許してくれたからといって、アルエットがしたことが消えるわけではない。使用人として王宮に残らせてもらっているだけでも、ありがたいのだ。

　わきまえないと、と強く思いながら掃除を終え、ずっと使わせてもらっている後宮の部屋に戻ると、窓際からユーエが駆け寄ってきた。

「お帰りなさい兄さん。遅かったね。これ、一緒に食べよう?」

　差し出された小皿には、扁桃の種が載っている。青い布を貼った小箱と一緒に、街でおまけにもらった種子もユーエにあげたのだった。

「それはあげたんだから、ユーエが全部食べていいんだよ」

「でも、元気が出るよ。たくさんあって、毎日ひとつずつ食べても、まだしばらく楽しめるから」

　一粒つまんで、ユーエはアルエットの口に押し入れた。噛むと、ほんのり甘い味と香ばしさが広がる。ユーエはアルエットの手を引き、窓際の小さいテーブルを挟んで向かいあわせに座ると、戸口のほうを振り返った。

「オームもよかったら、一緒に食べよう」

「そうさせてもらえれば嬉しいんですけど」

　ちょうどオームが入ってくるところで、いつものようにお茶の載った盆を持っていた。ポットとカップのほかに、焼き菓子もある。

「ジャダーロ様のお好きなお菓子を焼いたけど、少し余ったからって厨房でもらったんです。アルエットさんとユーエさんもどうぞ」

テーブルにならべると、オームは申し訳なさそうな顔をした。

「お茶をご一緒させていただくのは、またの機会にしましょう。お二人は早めに湯浴みして、支度をお願いします」

「支度？」

なんのだろう、と首をかしげると、オームは表情を曇らせた。

「ハイダル様が客を招いたんです。さきほど到着されて——酒席《しゅせき》を設けるから、お二人には歌をうたって、おもてなしをするようにとのご命令でした」

「ああ、もう来たんだね」

客のことはアルエットは初耳だったが、ユーエはまるで知っていたように頷いた。

「バラーキート国の人でしょう？　ハイダル様が呼ぶって言ってた」

「——ユーエ、ハイダル様と会ったの？」

ここにはずっと来ていないのに、どこで会ったのだろう。ユーエはアルエットの顔を見ると、いたずらっぽく笑った。

「最近はハイダル様の執務室も掃除してるんだ。だからほとんど毎日、ご挨拶くらいはするよ」

立ち上がったユーエはアルエットの手を引っ張る。

「身体洗ってこよう、兄さん。そのあいだにオームが服を用意してくれるよ」

「はい、もちろんです」

オームは心配そうな顔でアルエットを見つめていた。気づきながら、アルエットは立ち直れずに弟の横顔を見つめた。アルエットから見ても可愛らしく、魅力のある顔立ちだ。もしかしたらハイダルは、アルエットに嫌気がさしたから、ユーエを妾にしようと考えているのかもしれない。

もちろん、アルエットにはそれを不満に思ったり、悲しく思ったりする権利はない。

(ユーエが、それでいやじゃないなら、僕が口を挟むことじゃない)

そう思ったが、不安は残った。ユーエは旅団の男たちに奉仕させられていることをアルエットに黙っていたくらいだ。いやなことがあっても打ち明けてくれないかもしれない。

湯室で裸になってお湯を汲《く》み、ユーエの肩にかけてやりながら、アルエットは思いきって言った。

「ユーエ。もしハイダル様の命令でいやなことがあったら、拒んでいいんだからね」

「いやだな兄さん。もちろんだよ」

ユーエが振り返って、今度はアルエットにお湯をかけてくれる。塩と穀物の屑《くず》を包んだ洗い布で丁寧に肌を磨きつつ、にこっと笑った。

「ぼく、本当によかったと思ってるんだ。この王宮に来てから、兄さん元気になったもの。前はいつも疲れきって、ぼうっとしてたり、ふらついたり——ぼくが声をかけても気づかないときもあるくらいだったでしょ。なのに休もうともしないで、見ててすごくつらかった。助けてあげられないのが悔しかったんだ。だからハイダル様にその話をして、お礼を伝えて、ぼくにできることがあったらなんでもしますって言ったんだよ」

「……ユーエ」

「ハイダル様に頼まれたことはあるけど、簡単なことだから平気。アルエ兄さんが七年頑張ってくれた分、今度はぼくが頑張る番でしょ?」

「そんなことないよ。僕はユーエに無理してほしくない」

「無理はしないってば。兄さんこそ、我慢しすぎないでね」

甘えるようにユーエは抱きついてくる。ほっそりした身体を抱きとめながら、アルエットは重ねて聞きたくなるのを吞み込んだ。

(ハイダル様に頼まれたって——どんなこと?)

なんだか少し、いやな予感がした。

落ち着かない気分のまま身体を清め終え、用意された服をまとう。腕や脚を露出する、踊り子や娼婦のような格好だが、生地はちゃんと厚みがあって、肌が透けることはない。繊細な細工の首飾りや腕輪で飾ると、色っぽいながらも品よく見えた。

その格好でオームに案内され、王宮の広間に向かうと、すでに酒席が設けられていた。布をかけた大きな長方形のテーブルには肉や酒がふんだんに用意され、花で飾られている。片方の端にはハイダルが、もう片方の端には客の男が座っていた。

赤と緑の派手な服は花の模様が織り出された生地を使ってあり、さらに宝石や刺繍、金糸《きんし》の房で飾られている。髪は金茶で、顔立ちは整っているが、どこか傲慢な印象だった。年はハイダルとそう変わらないようだ。アルエットとユーエがテーブルのそばに歩み寄ると、大きな口を歪めるようにして笑った。

「これはこれは、噂どおりにずいぶんと美しい鳥だ」

男にしては高い声だった。ねばつくような視線が、アルエットとユーエを眺め回した。

「砂漠の宝石の呼び名にふさわしい、珍しい羽色の鳥人だと聞いたが——なるほどこれは、そそる見た目だ。これほどの美形はフウル族でもめったにいないぞ。ハイダル王は知らぬかもしれないがな」

おれは鳥人にも詳しい、と威張ってみせ、彼は親指を噛んだ。

「——あいつめ、これほどの上玉《じょうだま》だと黙っていたな」

小さいが、憎々しげな声だった。アルエットたちのことを聞き知ってはいたが、容姿まで詳しくは知らされなかったのが悔しいようだ。

もしかしたらこの人がガミル王子かもしれない。手紙を寄越してハイダルを訪ねたがっていたらしいから、ハイダルが了承したのだろうか。

（この人が……僕にハイダル様を殺させようとした人かもしれないんだ）

アルエットは竦みそうになり、小さく礼の仕草を取った。ユーエも同じように礼をすると、男はにやにやと笑みを浮かべて、ハイダルのほうに両手を広げてみせた。

「おれも由緒正しい生まれだからな、王の特権には寛容だ。女でも男でも、意のままに抱くのも特権のひとつではある。だが、フウル族のようにかよわい民を征服したあげく、他国の者が所有することを許さず、自分だけが弄《もてあそ》ぶのは感心しないな、ハイダル王よ」

「そうか。せっかくだからうたわせるつもりだったが、不快なら下がらせよう」

大声で明らかな挑発をする男に対し、ハイダルは落ち着いていた。手で下がれと合図され、アルエットとユーエは困って顔を見合わせた。来たばかりで、本当に下がってもいいものかわからなかった。

「待て、歌なら聞こう」

慌てたように、男が制した。

「うたうのは鳥人も好きな行為だ、聞いてやるのも我々王族のつとめだからな」

ひどい理屈だったが、ハイダルはこれにも淡々と頷いた。

「ではバラーキートの国歌をうたわせよう。アルエット、ユーエ。こちらはバラーキート国の王子、ガミル殿だ。心してうたうように」

意図せず、びくりと身体が揺れた。やっぱり、と思うと、離れた場所に座った男が恐ろしく感じられた。

(ヤズから僕が失敗したことも聞いてるはずだし、ハイダル様が自分の思惑に気づいてることだって、きっとわかってるだろうに……どうしてこんなに偉そうで、堂々としてるんだろう)

なにを考えているのかわからないのが怖い。警戒するそぶりひとつ見えないどころか、片足を神経質に揺らしたガミルは、ハイダルなど眼中にないように、ねっとりとした視線をこちらに向けている。

こちら、というよりユーエを見つめていることに気づいて、ぞっと背筋が冷たくなった。

兄さん、とユーエが肘《ひじ》に触れた。

「大丈夫？　ぼくだけがうたってもいいけど……」

「――ううん。大丈夫」

振り返れば、ユーエは案じる表情ながら、ガミルの視線には気づいていないのか、顔色は悪くない。むしろ湯上がりのせいで頬が桃色に上気し、甘やかにさえ見えた。

指先で小さくリズムをとって、ユーエがうたいはじめる。

――尊き山の神々と、猛《たけ》き砂漠の神々より

我らは気高さで選ばれし民

栄光を讃《たた》えよ、美を讃えよ

永遠に豊かな地を統べる……

ユーエの声はアルエットよりもほんのりと幼さが残り、それがかわいらしく聞こえる。ガミルの欲をよけいに煽《あお》らないかと案じながらも、アルエットは弟の声により添うようにしてうたった。歌が下手だと、腹を立てられても困る。

バラーキートの豊かさや王家の正統性をうたい上げる内容に、ガミル王子は満足そうに聞き入っていた。だが、視線はやはり、ユーエばかりを見つめている。ユーエもさすがに気づいたようだが、王の賓客《ひんきゃく》だと考えているからか、恥ずかしげながらも嬉しそうに微笑みを返してみせた。

長いまつ毛でまばたきする表情はアルエットが見ても魅力的で、そんなことしたら、と焦りがつのった。媚《こ》びたと思われたら、得意になった男はしつこく抱きたがるのに。

やきもきしたままうたい終えると、ガミルは傲慢な仕草で両手を叩いた。

「悪くない。オルニス国にしては趣味のいい歌い鳥じゃないか。フウル族の歌を聞いたことは何度もあるが、二人とも格別にいい声をしてる。――特に若いほうは、まだ声が無垢だ」

「……ありがとう存じます」

好色な視線がユーエを舐めるように動き、アルエットは鳥肌が立つのを感じながら頭を下げた。と、ハイダルが呼び寄せる。

「アルエット。ガミル王子にも褒めていただいたのだ、褒美をやろう」

客の前だから断ることはできない。アルエットは俯いて王へと歩み寄った。その腰を、ハイダルがいつになく乱暴な仕草で抱いた。

「……っ！」

バランスを崩したアルエットの頭を掴み、そのまま口づけてくる。最初から舌を差し込む口づけに、背筋がざわりと震えた。

「んむっ……うっ、……っ、ん……——っ」

もがいても逃げられない。ハイダルの舌は歯の裏や上顎をいじり回し、わざとらしいほど音をたてた。発情する前に初めてしてもらった口づけとは違い、強引で自分本位のかきまわし方だ。それでも、口づけは気持ちいい、と知ってしまった身体からは、どんどん力が抜けていく。たらたらと口の端から唾液が流れる。ひくん、とアルエットが震えると、ハイダルはようやく口づけをほどいた。ぐったりしたアルエットの腕を引き、テーブルに上半身を伏せさせる。

まさか、と目を見ひらいたときには、もう巻き布をめくり上げられていた。

「——っは、ぁっ、あ……っ」

遠慮なく窄まりへ差し込まれた指は濡れていた。どこかに粘汁が用意してあったようだ。はじめからこうするつもりだったのだ、と気づいて、アルエットは手足の先が冷えていくのを感じた。

（どうして……どうして、こんなこと）

今までのハイダルなら、こんな仕打ちはしないはずなのに、挿入された指は乱暴なほど速かった。ぐしゅぐしゅと音をさせながらかき回され、テーブルに伏せた身体が揺れる。

「……っん、ぁ、あッ、……っん、く……ッ」

指でアルエットを犯しながら、ハイダルはガミルに目を向けた。

「見てのとおり、兄のほうには手をつけたが、弟には触れていない。よければそのユーエに酌をさせるが、いかがか？」

「……ああ、いいだろう」

尊大に頷いたが、ガミルの茶色の目は燃えるようだった。アルエットが悶《もだ》えるさまで興奮したようで、酒瓶を手にしずしずと近づいたユーエの尻を、遠慮なく揉みしだく。顔を赤くして俯くユーエを満足げに見つめ、無意識にか舌なめずりした。

「おれは若くて無垢なのが好きでね。けがれていない者ほど、しこんでいく楽しみがある」

尻を揉みながら、もう一方の手で腹にも触れる下品な仕草に、最低だ、と眩暈がした。拳を握りしめたが、ハイダルの手はまだとまらない。一度抜けると今度は二本揃えて入れられて、いやでも声が出た。

「ッ、ぁっ、は……ぁ、あ、んっ、……ぁ、あ……っ」

「ガミル王子が気に入ったなら、その鳥人は差し上げよう」

「――――！」

ぎくりとしてアルエットは目をみはった。途端に中の感じる部分をえぐられ、悲鳴のように声が出る。

「ぁ、あ、あ……──ッ！」

脚ががくがくと震えた。達してしまったときのように頭が真っ白になり、指を抜かれると、ずるりと床に身体が落ちた。尾羽だけが、余韻にひくひくと動く。

「ただひとつ、聞いておきたいことがある。ガミル殿は闇鋼をご存じか？」

「闇鋼？」

機嫌よくユーエの身体をまさぐっていたガミルが、思いきり顔をしかめた。

「さあ、聞いたことがないな」

「人や武器を売り買いし、金次第でどんな悪事にも手を染めるだけでなく、争いや戦が起こるように仕組んで回る、ならず者の集団だ。バラーキート国でもずいぶん暗躍しているとか」

「──聞いたことがないと言っているだろう。我が国にそんな輩はおらぬ」

気分を害したように、ガミルはユーエを突き放した。

「まるで我が国が悪者をのさばらせているかのような口ぶりではないか。いかにハイダル王といえど、おれに向かって無礼な口をきくならば許さんぞ」

不貞腐れた子供のような態度だが、ハイダルは取り合わなかった。

「闇鋼はいくつもの小さな集団にわかれ、うまく監視の目を逃れながら悪事を働く。俺が探しているのはヤズという男だ。闇鋼の集団のひとつを率いている」

「知らん、と言っている」

「知らぬならけっこう。ただ、バラーキート国に姿を現したら、捕らえて引き渡してもらいたい」

「我が国で捕らえた悪人は我が国で処分する。わざわざ隣の国にくれてやる義理はない」

ガミルは椅子の上でふんぞり返ったが、その目はちらりと、突き放されたままおとなしく控えているユーエのほうを見た。視線に気づいたユーエがガミルを見返し、控えめに微笑んで酒瓶を持ち直す。

「お酒、お注ぎしてもいいですか？」

控えめだが愛らしい声と仕草に、ガミルがごくりと喉を鳴らした。

「……おまえは、本当に見目がいいな。おれは高尚な人間だから、おまえくらいの、大人になりきらぬ見た目が一番美しいと知っているんだ」

ねばつく眼差しでうなじや羽耳を眺め、ガミルは座り込んだアルエットのことをもじろじろと見てくる。

「――これほどの兄弟と知っていれば、おれが引き取ってやったものを……」

悔しげな呟きは無意識なのか、十分アルエットにも聞こえる音量だった。ハイダルも聞いているというのに、気にする様子もなく脚を組んだ。

「父はオルニス国を毛嫌いしているが、おれは父よりも聡明で判断力もある。オルニス国とどうつきあうかは、次期国王であり、賢明なおれが決めることだと自負している。――ハイダル王がどうしても、というのであれば、その闇鋼とやらを見つけてやってもかまわないが」

「それはありがたいな」

ハイダルの返事は、聞く者によっては侮蔑《ぶべつ》的にも取れるそっけなさだったが、それでもなお、ガミルはふんぞり返った。

「小国から成り上がったオルニス人にはわからぬかもしれないが、大国には大国同士のつきあい方というものがある。頼みごとをするからには見返りが必要なんだ。それも、確実に相手の益《えき》になるような見返りだ。それが、対等につきあうという意思表示になる」

わかるか、と唾を飛ばしたガミルは得意そうだ。

「一方的に命じるのでも、へりくだって頼むのでもない。互いに認めあった国同士だけができるつきあい方をするんだ。オルニス国など、由緒正しいバラーキートにとっては、対等に扱うには値しないが――おれは寛大だが、裏切られるのは嫌いでね」

酔ったようなしゃべり方は、完全にハイダルを侮《あなど》っているからこそなのだろう。自分のほうが偉い、優れていると思い込んでいるのだ。

「我が国でハイダル王が言うような輩が暗躍しているのならば、許すわけにはいかない。闇鋼とやらはこのおれを蔑ろにしているようなものだろう？　皆殺しにしてもいいほどだ」

表情は笑顔に近かった。だが憎しみと残虐さが、ガミルをひどく醜《みにく》く見せていた。見るに耐えない顔から、ハイダルは視線を外さなかった。

「連中はいくら殺してもらってもかまわないが、ヤズはこちらで処刑したい」

「ふん。頼みを聞いてやる義理はないんだがな」

鼻を鳴らして威張り、ガミルはちらりと、またユーエを見る。

「十分な見返りを用意するというなら、考えてやらないこともない」

「では、ガミル王子の望みを聞こう」

ハイダルが酒の杯を手にする。ガミルはユーエの尻を掴んで抱き寄せた。

「おれが無欲なことに感謝してもらいたいな。——この鳥人を寄越せば、ヤズはハイダル王にくれてやる」

「なるほど。ガミル王子がことのほか鳥人がお好きという噂は本当のようだ。ではそれは持って帰っていただこう」

酒を飲み干すハイダルを、アルエットは愕然《がくぜん》として見上げた。お願いします、と声が喉まで出かかる。

ガミル王子は気に入ったら女を奪い、殺すこともあると教えてくれたのはハイダルだ。心優しく穏やかな性格の者を相手にすると、より残忍になるような男だと言ったのに、アルエットがなにより大切にしているユーエを渡してしまうなんて——あんまりだ。

だが、ハイダルはアルエットを見ていなかった。

「ガミル王子が裏切り者に制裁を与えるのが楽しみだ。さぞ厳しい裁きだろうな」

杯を干す仕草に、ガミルの顔が残酷な喜びで輝いた。

「さすがは黒き覇王と言われるだけはある。気になるなら、切り取った首を届けてやるぞ」

「噂だけ聞ければ十分だ。だが、ルド・フウラの戦いで、俺が討った闇鋼の数は伝えておこう。すべて数えたわけではないが、百はいたはずだ。なにしろ、我が軍の鎧に似せた装備を身につけていて、許すわけにはいかなかったからな。──俺も、卑劣な行為には相応の報いをくれてやりたい性格でな」

低さを増したハイダルの声音に、ガミルが一瞬、呑まれたような顔をした。すぐに取り繕うように、大きな声をあげて笑う。

「なかなか気があいそうだ。だがおれなら、百といわず、皆殺しにしてやったぞ。見ていろ、今回も必ず、百十は首を切るから」

アルエットは震えるしかなかった。ハイダルは自分がすべて知っているとちらつかせた上で、ガミルが張りあって闇鋼を処分するように仕向けたのだ。

ガミルは挑発に気づいているのかいないのか、ぐっと酒を飲み干すと、大きな口で料理を頬張りはじめた。

「話が決まったら、あとは楽しむだけだ。悪党狩りも心が躍るが、まず今宵《こよい》は鳥人だな」

浮ついた態度が厭《いと》わしい。アルエットが顔を背けると、ハイダルが苛立《いらだ》ったようにため息をついた。

「おまえはもういい。下がれ」

「――でも」

「下がれ、と言った」

ユーエが、と言おうとして遮られ、アルエットはうなだれて立ち上がった。ユーエはガミルの膝に抱き上げられ、服の中に手を入れられていた。だが、駆け寄って助けてやることもできない。ユーエは恥じらう表情を見せながらも、アルエットのほうを見ると、励ますようにひとつ頷いてくれた。

その健気《けなげ》さがいっそうつらくて、のろのろと広間を出る。後宮に戻らなければ、と思ったけれど、いくらもいかないうちに足が動かなくなって、アルエットはそこで座り込んだ。

せめて、ハイダルに頼みたかった。

ユーエがガミルに連れていかれる前に、一度だけでも会わせてほしい。

ハイダルが広間から出てきたのは、数刻後のことだった。衛兵が敬礼する気配に顔を上げると、ハイダルは渋面でアルエットを見下ろした。

「なにをしている。下がれと言ったはずだが」

「お待ちしていました。……お願いが、あって」

アルエットは膝立ちになってハイダルに向き直り、ひれ伏す姿勢を取った。

「ガミル王子が国に戻る前に、ユーエと会わせていただけませんか」

「俺がユーエをガミルにやったのが不服か」

ハイダルはため息をついた。

「道具でいいから使ってくれと言ったのはおまえだぞ。それにユーエも、自分にできることがあればなんでもすると、自分で言ったんだ」

「でも――！」

「それとも、フウルの土地をもう一度戦場にしたいか」

ハイダルは近づいてくると、ほとんど真上からアルエットを見下ろした。

「放っておけばガミルはまた必ずあの湖を狙う。備えて迎え撃ったとして、土地は荒れるし、フウル族に犠牲が出ないとは限らない。それでもユーエを返せと言うつもりか？　俺はもう戦をする気はないぞ」

「ユーエを差し出さなくたって、ハイダル様ならできることがたくさんあるでしょう」

ハイダルの服の裾を握って、アルエットはもう一度ひれ伏した。

「どうしてもというなら、僕が行きます」

「だめだ。おまえも聞いていたからわかるだろう。もともとガミルはヤズから、より若いユーエを受け取るつもりでいたんだ。何年も歌娼の仕事をさせた兄では、他人の手垢《てあか》がついていていやだからとな」

ぶるっと身体が震えた。ひどい。そんな考え方をする男が、ユーエにどんな仕打ちをするのかと思うと、気が遠くなりそうだ。

「ユーエは、行かせられません。僕に行かせてください」

ハイダルが再度ため息をついた。

「そんなにガミルに抱かれたかったか？　なら、俺がかわりに使おう。立て」

「っ、僕はただ、」

ユーエを心配しているだけなのに、どうしてそんな言い方をするのだろう。ハイダル様らしくない、と振りあおぎ、アルエットは彼がひどく冷たい目をしていることに気がついた。なんの感情も浮かばない無表情は、道端の石でも見るようだ。怒りも、呆れることすらない、無関心なその顔で、ハイダルはアルエットの腕を掴んだ。

「……っ」

咄嗟に抗いかけたが、造作もなく立たされて、荷物のように肩に担ぎ上げられる。寝室につれていくのかと思ったが、ハイダルはすぐ近くの部屋の扉を開けた。

もとはなんのための部屋だったのか、こぢんまりとした広さで、長椅子だけがぽつんと置かれている。明かりはなく、窓から差し込む月光だけが銀色に、狭く室内を照らしていた。

ハイダルは長椅子にアルエットを下ろすと、うつ伏せにひっくり返して腰を上げさせた。巻き布をめくって露わにされた窄まりは、宴《うたげ》で使われた粘汁でまだ潤っている。指で広げてそこを眺めたハイダルが、低く笑った。

「さすがは歌娼だ。一度慣らせば時間が経ってもこんなに柔らかいとはな」

アルエットは唇を噛んだ。辱めるために言われた言葉が悲しい。本当は優しい人なのに、と思えば、いっそうせつなかった。

(――やっぱり、僕が怒らせてしまったんだ。恋をしたみたいな、図々しい態度だったから)

これは罰のようなものなのかもしれない。だったら、自分はいくら犯されてもいい。もっとひどい扱いでもかまわない。

(でもユーエが、僕のせいでつらい思いをする必要なんかない)

明日はどうしてもユーエに会わなきゃ、と思いながら、アルエットはそっと腰を上げた。ハイダルが挿入しやすいように、肩や胸はぺたりと長椅子につける。

「ねだる格好も手慣れたものだ」

苦い声でハイダルが呟き、腰を掴んでくる。あてがわれた性器の感触に、アルエットは目を閉じた。そのまま、ずぶりと突き入れられるのを受け入れる。

「……っ、は、……ぅっ」

呻《うめ》いたのは、痛みのせいではなかった。重さと圧迫感は苦しかったが、それ以上に、奥から湧いてくるものがある。くすぶっていた熱が目を覚ましたように、一気に身体が熱くなって、アルエットは呆然とした。

——こんな仕打ちを受けてなお、快感があるなんて。

「……っん、く……っぅ、」

「まさか気持ちいいのか？　おまえはいつでも締めつけるな」

ハイダルは奥めがけて穿ってくる。うなじがさらに熱を持ち、アルエットは唇を噛みしめた。感じまい、と身を強張らせたが、かるく揺すられると、こらえるそばからほどけていく心地がした。ハイダルの分身を受け入れた部分が、とろけて蠢《うごめ》いている。それが悦《よろこ》びを与えてくれるものだと、腹が覚えているかのようだ。強く目もつぶったが、かえって彼の硬さが意識され、とうとう、アルエットは声をこぼした。

「あ……っ」

甘く、恥じらいを含んだ喘ぎが、静かな空気を震わせる。ハイダルは動きをとめると、アルエットの背筋を撫でた。

「教えておくのを忘れていたな。——ヤズと連絡を取った」

「え……？」

どういう意味かと目を見ひらき、次の瞬間、ずんと最奥《さいおう》まで穿たれて、きつく背がしなった。

「——っは、ぁっ、あッ」

「無論、ガミル王子には言わずに、秘密裏にだ。こちらの望みどおりにするならば、闇鋼をオルニス国で優遇する、と伝えたら、飛びついてきたぞ」

猛ったものでアルエットを貫いているとは思えない冷静さで、ハイダルは言った。

「オルニスを平和に保つには、よそで争いを仕組んでもらうのもいいと考えてな。それには闇鋼を味方につけておく必要がある。こちらにつくかわりに、七年前のフウル族への仕打ちはなかったことにする約束で、手を結んだ」

「っ、そんな……、ぅっ、あ、……ぁ、……ぁッ」

あんなに嫌悪していたはずの相手と、手を結んだというのか。まるでフウル族を、アルエットたちを切り捨てるみたいだ、と思った途端、再び、強く奥壁《おくかべ》を突き上げられる。

「……っ、い……ッ、ぅ……っ」

びりびりと、苦しい痛みが走った。小刻みに痙攣したアルエットの腰が下がらないよう、ハイダルの手が掴み直す。

「……っ、や、……！」

容赦なく続く抽挿《ちゅうそう》から逃れようと、アルエットはもがいた。頭の中がぐるぐるする。ひどい。どうして。なぜ、こんなことをするの。

苦しくて長椅子に爪を立てる。一度痛みを感じた下半身は、快感のかわりに不快感ばかりを覚えはじめて、ひどくだるく感じた。久しぶりに味わう、引きつれるような痛みと、吐き気を誘う異物感。

「や……、もう、……っ」

わずかに前へとのがれた腰を、ハイダルが容赦なく引き戻す。奥めがけて突き入れられ、アルエットは額を長椅子に押しつけた。閉じたまぶたの端が熱い。か細く漏れる息は嗚咽《おえつ》まじりで、いつのまにか泣いていたのだと気づく。すすり上げると、ハイダルがため息をついた。

「おまえの涙にも、もう飽きたな」

同時に、ずるりとハイダルのものが抜けていく。アルエットは脱力したまま動けなかった。胸はえぐられたように痛み、全身濡れた砂のように重たい。背後ではハイダルが衣服を整える、衣擦《きぬず》れの音が聞こえた。

小刻みに震えるアルエットを置き去りにして部屋を出ていこうとした彼は、戸口で思い直したように足をとめた。

「これでおまえにもよくわかっただろう。俺は、おまえが期待するような人間ではない」

苦々しい声音に、ああ、と嘆きそうになり、アルエットは身体を丸めた。

この仕打ちは、アルエットにわからせるためだったのだ。

（……役に立ちたいなんて、すがらなければよかった）

自分が取るに足りない、ハイダルにとっては無価値な存在なのはわかっているつもりだった。けれど、優しくて立派な人だとときめくことさえ、彼には迷惑だったのだろう。こんなふうに突き放さずにはいられないほど。

おそらく、ユーエがガミル王子のところに行く羽目になったのもアルエットのせいだ。図々しく「なんでもします」なんて言ってしまったから。

（全部、僕のせいなんだ）

翌朝は珍しく湿度が高く、じっとりとした空気がまとわりつくようだった。空には緑の季らしくない灰色の雲が出ていて、不穏な感じがした。

ハイダルに抱かれて後宮に戻ってから、結局一睡《いっすい》もできていない。アルエットは糸が切れたように重い身体を奮い立たせて、窓から身を乗り出した。

自分がハイダルに突き放されるのは当然だし、この先どうなってもかまわない。でもユーエは別だ。会って逃げるように説得して、できればその手助けがしたかった。

ちらりと窺ったオームはこちらに背を向けて、テーブルを片付けている。朝からなんとかオームに出ていってもらおうと、頼みごとをしてみたのだが、そのたびに彼はほかの使奴を呼び、自分は絶対に立ち去らない。どうやら、見張るようにハイダルに命じられているようだった。

（今なら、庭には出られるかな）

音を立てずに飛び降りられればいいけれど、と地面を見下ろすと、肩に手がかかった。

「アルエットさん、だめですよ」

「はなして――」

お願いだから見逃して、と頼もうと振り返り、アルエットは目を丸くした。ちょうど、入り口からユーエが入ってくるところだった。

「ユーエ！　大丈夫だった？」

駆け寄って抱きしめると、ユーエは笑って腕を回してくれた。

「ぼくは全然平気。昨日はうまくガミル王子をおだてて、たくさんお酒を飲ませたから、あの人潰れちゃって、衛兵さんが部屋まで運んでくれたんだよ。今朝は二日酔いじゃないかな。まだ眠っているから、こっそり抜け出してきたの」

「そうだったんだ……」

では、少なくとも昨夜は、ひどいことをされずにすんだのだ。ほっとして深いため息をつき、アルエットはユーエの顔を両手で包んだ。

「ガミル王子が来ること、ユーエは知ってたの？」

「うん、ハイダル様に教えてもらったよ。バラーキート国の王子のところに行くことになってもいいのかって確認されたから、もちろんですって言ったんだ」

「そんなことしなくていいって、ずっと言ってるのに」

ちょっと頑固なところは誰に似たんだろう。にこにこして幼いくらい無邪気な表情のユーエを見つめ、アルエットはもう一度ため息をついた。

「ハイダル様があげるって約束してしまったし、僕たちには逆らう権利もないけど……でも、ユーエは逃げて」

「大丈夫だってば、兄さん。ハイダル様が助けてくれるまで、バラーキート国にいればいいだけだし、ぼくけっこううまくやれると思うよ」

ユーエのほうが、アルエットを励ますように抱きついてきた。

「ハイダル様なら絶対助けてくれるでしょ？」

心からハイダルを信じているらしいユーエの様子に、アルエットはせつなくなって抱きしめ返した。

「期待しないほうがいいと思う。ハイダル様は僕が怒らせてしまったから、助けてくれないよ」

「あ、やっぱり喧嘩したんだね」

ユーエは心配そうな表情になって、アルエットの顔を覗き込んだ。

「昨日の宴で様子が変だったから気になっていたんだ。どうして喧嘩したのかわからないけど、ぼくが帰ってくるまでに仲直りしてね？」

「……喧嘩なんかしてないよ。ハイダル様は王なんだもの、僕が喧嘩できるような方じゃない」

だから仲直りだってできるわけがないのに、ユーエは「大丈夫」とアルエットの胸をかるく叩いた。

「ハイダル様、アルエットには幸せになる権利がある、って言ってたよ。故郷を焼かれて家族を失い、七年も虐げられてきて、それでもなお、決して他人を憎まない。これから先は、誰もが羨《うらや》むような幸福を手に入れるべきだって」

「ハイダル様が……そんなことを？」

「うん。だから、兄さんも心配したり誤解したりしないであげてよ」

ユーエは励ますように微笑んだ。彼が嘘をつく理由はない。だが、昨夜のハイダルの仕打ちを思えば、丸ごと信じる気にはなれなかった。もしかしたらずいぶん前、たとえば発情する前か、発情期中にならば、ハイダルがそう言ってくれるのはありそうだが……ユーエはそのころに、ハイダルと話したのかもしれない。

そういえば街につれていってくれたときも、幸せになれと言われた。あそこで素直に頷いていれば、きっとよかったのだ。

（やっぱり――せっかく思いやってくださったのに、僕が余計なことを言ったのがいけなかったんだ）

俯いたアルエットに、ユーエは明るく笑った。

「もう行かなきゃ。仲直り、早めにしてあげてね」

「ユーエ！」

離れていこうとする手を掴んで、アルエットはせめてこれだけは、と声を震わせた。

「ユーエは自分のことを一番に考えてくれれば、それでいいんだ。バラーキート国に向かう途中とか、向こうのお城についてからでも、ユーエならきっと逃げる方法を見つけられるよ。逃げたあとはフウルの里に隠れてもいいし、どこか遠い町に行ってもいい。ユーエはどこでもうまくやれるから、ガミル王子に我慢なんかしないで」

「ありがとう兄さん、心配してくれて」

ユーエは本気にしていない表情で、アルエットの手から逃れて行ってしまう。走って追いかけようとすると、すっとオームが遮った。

「ユーエさんはガミル王子の目を盗んでいらしてるんです。もう帰してあげないと。午後にはガミル王子はバラーキート国にお戻りになりますから」

「でも――」

「それと、アルエットさんには、七日後、フウル族の里に向けて出発されるハイダル様と一緒に、王宮を出ていただきます」

「……僕も？」

ずきん、と胸の奥が痛んだ。オームは言いにくそうに視線を逸らす。

「支度は私のほうで整えます。アルエットさんは使用人の部屋に移って、出発の日まで部屋の外には出ないように、とのご命令でした。道中も使用人として過ごすようにと」

「そう……ですか」

昨日、ハイダルはそのことについてはなにも言わなかった。急に決めたのかもしれないが、もともと決めてあったとしても、アルエットに直接伝える必要はない、と考えたのだろう。たぶんもう会う気はないのだ。そう悟ると、手足から熱が抜けていくようだった。

「今からすぐ、移動していただかないといけないんです」

オームは言いたくなさそうにしながらも、ちらちらと廊下のほうを気にした。

「本当は朝目が覚められたら、すぐに移動しろと言われていたんですけど、もしかしたらユーエさんが来るかもと思って……」

言葉を切って、彼は小さく「すみません」と呟いた。

「どうせ七日後に出発なら、このまま後宮の部屋を使ってもらってもいいじゃないですかって、ハイダル様には言ってみたんです。でも、だめだと言われてしまって。もしかしたら私が、ハイダル様とアルエットさんのことではしゃいでいたから、へそを曲げられてしまったのかもしれません。ハイダル様も頑固なところがあるから……」

主君に対して微妙に失礼なことを言い、オームは申し訳なさそうに頭を下げた。アルエットは微笑む。諦めるしかないこの状況で、オームが親身になってくれるのがありがたかった。

「ありがとう、オーム。でも、大丈夫です。本当だったら僕たち、こんなによくしていただくわけにはいかなかったんですから。使用人の皆さんと同じ居場所のほうが、ほっとするくらいです」

「ミラさんたちがなにか言うかもしれませんけど、気にしないでくださいね。みんないい人たちなんですけど、オルニスの国が安泰になってほしいって、そればかり考えてしまうから」

「わかります。ハイダル様は大切な王様ですもんね」

すぐ移動します、と戸口に向かおうとすると、オームが手を掴んだ。

「この部屋になにも残すなというご命令なので、あれも、お持ちください」

指さされたのは緑色の、布を貼った蔓編みの箱だった。中には、結局返せていない首飾りが入っていた。ちくんと痛みが喉を刺して、アルエットは寝台の脇まで戻って箱を胸に抱いた。

この期《ご》に及んで、優しい、などと思うのはおかしいかもしれない。けれどアルエットには、持っていけ、と命じるのも優しさのように思える。ハイダルは、邪魔だと思う相手でも、一度与えたものは取り上げないし、フウルの里にも帰そうとしてくれる。

（……僕が、もうちょっと価値のある人間だったらよかったのに）

地図が読めるとか、記憶力がよくて役に立つ情報を伝えられるとか。武器が使えて強いとか、男性の気に入る身体で、特別な快楽を与えられるとか——なにかあればよかったけれど、アルエットにはなにもない。

羽の色が珍しいだけの、小さな歌い鳥だ。

軽いのに重たく思える箱を抱きしめて部屋を出る。オームは先に立って、こっちです、と案内してくれた。

「ほんとは、旅の支度以外のことはもうするなって言われてるんですけど、案内だけはさせてくださいね」

「ありがとうございます。でも、オームが叱られませんか?」

「もし叱られたら、ハイダル様なんか見限って、家に帰ります」

オームは勇ましい表情で狐の耳と尻尾を振った。

「けっこう怒ってるんですよ、私は。ジャダーロ様だって——」

ちょうどそのとき、ジャダーロの大声が響き渡った。

「アルエット! ユーエ! どこだ!」

出てきたばかりの後宮の部屋のほうからだ。振り返ると、どうやら窓から侵入したらしいジャダーロが、ころがるように走ってくる。勢いをつけたまま抱きつかれて、アルエットはよろめきながらも小さな身体を受けとめた。

「ジャダーロ様。こっちに来てはだめだって、言われてるでしょう」

「そんなものしるか！　おれは、ぜったいゆるさないからな！」

　ぱっと顔を上げたジャダーロは、息が荒く、耳まで赤くなっていた。

「おれのだいじなユーエをかってにバラーキート国にやってしまうなんて、いくらあにうえでもゆるさない。アルエットとも、フウルのさとにかえしたらもうあえないっていわれたから、ぜっこうだとどなってきてやったぞ」

　熱くなった手で、ジャダーロはアルエットの手を握った。

「ミラもはんたいばかりするから、もうくびにしろとあにうえにいってやった。しんぱいはいらないから、きょうからはおれのへやでくらせ。みらいのオルニス国王のめいれいだ」

「ジャダーロ様」

　アルエットは困って膝をついた。目線の高さをあわせて、ジャダーロの、怒りと興奮で紅潮した顔を見つめる。

「嬉しいですけど……」

「なにをしている」

　冷たい声が響き渡った。アルエットはせつないような思いで、声のしたほうを見上げた。

　ハイダルの視線はアルエットを見ることなく、弟を厳しく見据えていた。一瞬びくりと竦んだジャダーロは、それでも果敢《かかん》に胸を張り、アルエットを後ろにかばうようにしてハイダルと向かいあった。

「たんじょうびにすきなものをくれるっていうやくそく、あにうえはわすれてないな？　おれはユーエと、アルエットをもらう」

「ユーエはすでに隣国の王子のものになったと、説明したばかりのはずだが」

「とりかえせばいいだろう」

険しい兄の声に緊張する様子を見せながら、ジャダーロは言い募った。

「バラーキート国なんかやっつけてしまえばいいんだ。あにうえならできるもん。ユーエをとりかえしたら、アルエットはあにうえにあげるし、おれはこのさき、たんじょうびのおくりものはなくていい」

「ジャダーロ」

けなげな幼い弟の願いに、ハイダルの声も表情も、わずかもゆるまなかった。

「一度渡したものを理由もなく奪い返せば、戦争になってもおかしくないんだ。わがままを言うな」

「あにうえだってわがままだ！　ユーエとおれがともだちだってしってたくせに！」

ジャダーロの叫びは悲鳴のようで、聞いているアルエットのほうが胸が潰れそうだった。ハイダルはただ眉をひそめる。

「おまえはいずれこのオルニス国の王だ。今から王としての心構えを養えと、ずっと言ってき

たはずだ。王には、自分の喜びや願いよりも、優先すべきことがある」

「でも」

「でも、じゃない。同じことを何度も言わせるな」

ハイダルは踵を返し、ジャダーロは震えて俯いた。ぱたぱたと、大粒の涙が床に落ちていく。

オームがそっと寄り添って肩を抱いた。

「私は、今回はジャダーロ様が正しいと思います」

オーム、と涙声で呼んで、ジャダーロが抱きつく。その背中をたたいてあやしながら、オームはアルエットを見つめてきた。

「私には、全然わかりません。最初にアルエットさんに優しくしたのはハイダル様じゃないですか。なのに発情期が来たらほったらかしにして、それでも街に連れていってくださったって安心したら、今度は手のひらを返したみたいに冷たくするなんて、あんまりです。そのうえ、ユーエさんまで……」

聞いていたジャダーロが、また声をあげて泣きはじめる。アルエットは遠く、廊下の先で曲がっていこうとするハイダルが、一瞬足をとめたような気がした。けれど彼は振り返ることなく、去っていってしまう。

ほの暗い廊下に泣き声だけが谺《こだま》して、寂しいな、とアルエットは思った。

中庭でジャダーロとユーエが遊んでいて、それをアルエットが見つめて、やってきたハイダルも愛しげな眼差しを向けていた日が、はるか昔のことのように思えた。穏やかであたたかかった空気を鮮明に思い出せるのに、もうあんな日は来ない。

今思えば、夢のような時間だった。ハイダルを殺しに来たのに、処刑されることもなく、幸せな思い出を作れたなんて、恵まれていると思う。恩返しもできないまま疎まれて、ただ去ることしかできないのは申し訳ないけれど。

（……ユーエだけは、助けなくちゃ）

緑の箱の中には、あの首飾りが入っている。売れば、バラーキート国までアルエットひとりが旅するのに十分なお金になるはずだ。七日後、ここを出たら、隙を見て隊列を離れて、これを売って旅費にしよう。今度こそユーエを助けて、その咎《とが》はこの命で償えばいい。そうすれば、少なくともユーエは生きられて、ハイダルにも迷惑はかけないですむ。故郷に帰した鳥人が勝手なことをしただけだから、バラーキートが戦争をはじめる口実にはならないはずだ。

（——そうだ）

ふいにいい案を思いついて、アルエットはもう一度箱を抱きしめた。

旅費は、歌娼として働けばなんとかなる。この首飾りは盗んだことにすればいいのだ。ガミル王子に捕まっても、盗みを働いて逃げてきたと言えば、ユーエを逃したのがハイダル王のさしがねではないと信じてもらえるはずだ。

戦には万が一にもならないよう、自分だけが悪者になるようにしておこう、と決心すると、重かった身体が少しだけ軽くなった気がした。

七日後、ハイダルはジャダーロも連れて王宮を出発した。

王が弟を連れていくのは初めてのことらしく、同行することになったミラは誇らしげだった。

「ハイダル様はジャダーロ様を後継にって考えていらっしゃるからね。わたしはもちろん、ハイダル様がご自身のお子様をもうけるべきだと思っていますけど、ジャダーロ様を連れて出かけるっていうことは、それだけジャダーロ様が成長されている証拠ですからね。立派にお育ちになっているのを、わたしがお助けしていると思えば、もちろん嬉しいことですよ」

離宮でもジャダーロ様が不自由されないように頑張らなくちゃ、と話す声を、アルエットは荷車の上に作られた小さな部屋の中で聞いた。人目につかないようにここに入れ、と衛兵に命じられたのだ。部屋、といってもごく狭く、大きめの箱のようなものだから、荷物のような扱いだ。だが一応両側に小さな窓があって、空気は入るし、外の景色も見られる。

ヤズの旅団の道中は、大きな袋に入れられてじっとしていなければいけないか、ロバには乗れずに歩くかだったから、身体はずいぶん楽だ。けれどこれでは逃げられない。

夜ならば、と思ったのだが、ハイダルは野営せず、街道ぞいの町や村で宿をとったので、そこから抜け出すのもできなかった。荷車から降りたあとは、常に使用人の誰かが近くにいて、目を光らせていたのだ。どうやら、ジャダーロが会いにこないかと心配したミラの指示のようだった。

もっとも、彼女の指示がなくても、ジャダーロがアルエットのところまで来るのは難しかっただろう。王の立派な一行は警備する兵士の数も多く、ハイダルとジャダーロは常に人に囲まれ、守られていたからだ。

早くユーエを探しにいきたいと、やきもきしながら荷車に揺られて、十日。

小窓から見える景色に木々が多くなり、アルエットは思わず木枠に顔を押しつけて眺めた。ほどなく、懐かしい景色が見えてくる。

フウル族がかつて暮らしていたのは、湖の南側だ。王のいない共同体だったから、議会に使う建物や大きな催しを行う建物だけが石積みで、住むのは木の枝でできた家だった。どの家も木に寄り添うように立ち、二階や三階には広い露台がある。枝を組んだ家は風通しがよく、一年でもっとも暑い乾の季でも室内は涼しい。それでもたいていはみんな露台に椅子やテーブルを出し、仕事以外の時間のほとんどをそこで過ごす。そこから隣の家の人とおしゃべりしたりもする、のんびりしてなごやかな里だった。

一度は壊され、焼かれてしまった場所だから、無惨な姿のままのところも多いかもしれないと思っていたが、想像していたよりも綺麗だ。木々は小さいものが多いけれど、見慣れた造りの家がいくつも並んでいた。

記憶と違うのは、王旗を掲げたハイダルの一行に気づくと、出てきた鳥人たちが恭しく、かつ嬉しげに礼をしたり、手を振ったりすることと、進むにつれて見えてきた新しい建物だった。

青い丸屋根や白い壁、瀟洒《しょうしゃ》な飾り窓や柱が目立つ、神殿にも似た雰囲気の建物だ。低いがしっかりとした障壁《しょうへき》に囲まれているから、ミラの言っていた離宮だろう。到着すると、衛兵やオルニス国の人々、フウルの人々が、幾人も並んで王を出迎えた。

アルエットを乗せた荷車と使用人たちは、門の手前でとまった。

小部屋の戸を開けたのはミラだった。

「ハイダル様の言いつけで、今晩あなたを泊めるフウル族が迎えにくることになっているから、このあたりで待っていなさい。いいですね」

「はい、わかりました」

「これであなたは用済みですから、離宮に入ろうなんて考えないように」

じろっと睨んで念を押し、ミラは急ぎ足で門へと去っていく。見送って、アルエットは手にしていた麻の袋を背負い、そっとその場を離れた。

迎えに来てくれるフウル族には申し訳ないけれど、逃げるなら今が一番いい。夕刻で、今夜は月が出るはずだから、夜通し歩いてバラーキート国を目指すつもりだった。

よし、と来た道を戻りかけ、アルエットはふと湖の方角を振り返った。

背負った麻袋の中には、あの緑色の箱が入っている。首飾りは小さな袋に入れて、服の下にさげてあった。できれば箱も持っていきたいけれど、捕まれば取り上げられてしまうだろう。

(……湖に流してから行こう。最後に一目だけ、湖も見ておきたい)

そう決めて、湖岸へと続く小道をたどる。ほどなく視線の先に、青い湖面が見えてきた。

対岸が見える程度の小さな湖だ。水深は深く、昼間は青空が映って美しいが、この時間は鈍《にび》色《いろ》に輝いて、神秘的な雰囲気だった。足をとめたアルエットは近くの木に手をついて、そこに巻きついた蔓草《つるくさ》が桃色の花房をつけているのに気がついた。ほの暗い空気のなか、優しく光を放っている。

葡萄の花だ。「終《つい》の季」以外はどの季節にも花をつけ、順に色とりどりの実をつける。昼でも木陰でほのかに光り、夜になると風に揺れてたゆたう虫のように見える、フウルの土地だけの花だった。

懐かしさに胸がいっぱいになって、手を伸ばした。触れるとほんのり甘い香りがして、アルエットは深く吸い込んだ。

「いいにおい……」

自然と涙が滲んでくる。長い長い七年――もう八年だ。逃げなければならなかったあの夜も、今と同じ、緑の季の中ごろだったから。

胸を占めるのは喜びよりも寂しさだった。故郷に戻ってもアルエットは一人で、大好きだった両親や近所の人、大事な弟、誰もここにはいない。そうして自分も、今夜離れたら戻ってはこられない。

「アルエット？」

ふいに澄んだ声がした。振り返ると耳の飾り羽を揺らして、フウル族の女性がひとり駆け寄ってくるところだった。後ろには数人、ほかのフウル族の姿もある。

「その飾り羽の色、アルエットじゃない？　私、町の真ん中あたりでパンを売っていたの。ときどき買いにきてくれたでしょ？」

「――覚えてます！」

いつも親切で、子供たちには小さな焼き菓子をおまけにくれるお店のおかみさんだった。

誰にも会わないで去るつもりだったが、会ってしまうと、懐かしさと嬉しさが込み上げてきた。かつては大きく見えていたおかみさんは、いつのまにかアルエットと同じくらいの背丈になっている。彼女は目を潤ませると、ぎゅっとアルエットを抱きしめてくれた。

「無事でよかった……！　ハイダル陛下と一緒に戻ってきたフウル族がいるって聞いて、急いで会いにきたの。まさかあなただったなんて」

彼女の肩越し、ほかのフウル族の人たちも、感極まったように顔を赤くしていた。アルエットより少し年上の、まだ若い男女は手をつないでいて、知らない人だったが、男性のほうが嬉しそうに声をかけてくれた。

「陛下と一緒に来たってことは、どこかで助けていただいたんだろう？　運がよかったね。オルニス国ではフウル族を奴隷扱いできないからって、たいていは遠くの国に売られてしまったのに」

「そういえば、どういう経緯で助けていただいたの？　最近じゃ、助けられて戻ってくるフウル族はほとんどいないのよ。悲しいことだけど、戻れる状況にある人はとっくに帰ってきていて、そうじゃない人は——ね」

アルエットを抱きしめていたパン屋のおかみさんは、悲しそうに言葉を濁す。自分の子供にするように、丁寧にアルエットの髪と飾り羽を撫でてくれた。

「うちの子供たちもだめだったの。だからアルエットが帰ってきてくれて本当に嬉しいわ。きっとつらい思いもしたわよね。弟のユーエははぐれてしまったの？」

矢継《やつ》ぎ早《ばや》な質問に、アルエットは視線を伏せた。

「里を逃げ出したあとは……旅商に拾われて、連れ回されていたんです。そのあいだは弟も一緒だったんですが、僕は——」

嘘はつきたくないけれど、本当のことはとても言えない。

「……僕は、ハイダル王への貢物にされたんです。それで、弟とは、はぐれてしまって」

さまざまないきさつを省いてそう言うと、みんなは顔を見合わせた。年嵩《としかさ》の男性が、励ますようにアルエットのうしろに回り、背中に手を添えた。

「では陛下にお願いして、ユーエも探していただこう。陛下は我々フウル族の被害に心を寄せてくださって、散り散りになった生き残りを探すのも手伝ってくださるんだ」

「そうよ、アルエットももう安心してね。今まで大変な思いをした分、私たちのことも家族だと思って頼ってね」

若い女性も手を握ってくれる。彼女の肩を抱いた若い男性は、誇らしげに胸を張った。

「見てのとおり、ここも少しずつ元どおりになってきてる。新しく植えた木はもちろんまだ育ちきらないけど、ハイダル様が王でいてくれるかぎりは、ここが脅《おびや》かされることはないはずだ」

「私たちの子供は、平和なところで生きられそうでよかった」

女性のほうは頬を染めて自分のおなかに手を当てた。よく見れば少しふっくらしていて、彼女はアルエットの視線に気づくと頷いた。

「このまえの発情期で授かったの。砂の季の前には生まれる予定よ」

幸せそうに二人は顔を見あわせる。

「子供を持とうって思えたのも、ハイダル様のおかげだもの。大事に育てたいわ」

誇らしげにさえ感じられる表情は、二人だけでなく、おかみさんたちも同じだった。それだけ、ハイダルはフウル族からも信頼されているのだ。殺してしまわなくてよかった、と改めて思いながら、アルエットも微笑んだ。

「ハイダル様は、よき王なんですね」

「おや、アルエットは陛下のことをあまり知らないのかい？」

「そりゃそうだろう。旅商に連れ歩かれたのは、どうせオルニス国をよく思わない周辺国のはずだ。なんでもビルカ小国群だとか、南の国々のあいだでは、ハイダル様は恐ろしい暴君のように噂されているらしいからね」

不思議そうなパン屋のおかみさんに、年嵩の男性が訳知り顔で説明する。おかみさんも納得したように頷いた。

「きっとオルニス国が豊かだからやっかんでいるんだわ。でも、アルエットはしばらくハイダル様のところで過ごしたんでしょう？　お優しい方だって、よくわかったんじゃない？」

彼女はうっとりした視線を離宮へと向けた。

「ここがまたバラーキート国に狙われるかもしれないからって、ずうっと兵を置いて警備してくださっているだけじゃなくて、わざわざ離宮も作って、一年に一度は滞在してくださるんだよ。フウルの湖はほかの土地の者たちにとっても宝だからって、決して手をつけないと約束してくださったしね」

「これで結婚さえしてくだされればなぁ」

妻の肩を抱いたまま、若い男性がため息をついた。

「ハイダル様のよくない噂の半分は、お妃を娶られないせいだと思うんだ。後宮にも人がいつかないせいで、ハイダル様の性格や振る舞いに問題があるんじゃないかって言うやつがいるんだよ。首都でも、いまだにお世継ぎがいないのを不安に思っている人は多いって聞いた」

「弟君はいらっしゃるけど、やっぱりハイダル様に、お妃様やお子様ができたらって思ってしまうわよね」

妻のほうも大きく頷いて、きらきらした眼差しをアルエットに向けた。

「アルエットは、少しは王宮にも滞在したの？　今は後宮の様子はどんな感じ？　素敵な方はいらした？」

「いえ……僕は、そちらのほうには入ったことがなくて」

自分がそこにいました、とは言えず、曖昧に笑うと、おかみさんが腰に手を当てた。

「残念ねえ。アルエットは器量よしだもの、ハイダル様が気に入ってもおかしくないのに」

「だめだよおかみさん。気に入られたって愛鳥どまりじゃ、アルエットが幸せになれないじゃないか」

年嵩の男性がたしなめて、さあ、と促した。

「いつまでも立ち話じゃアルエットが可哀想だ。今夜はうちに泊まるといい。明日みんなで話しあって、どこかに家を用意しよう」

どうやら、彼がミラが言っていた迎えのようだ。

「それはありがたいんですけど――あの」

背中を押されながら、アルエットは思いきって申し出た。

「どなたか、バラーキート国への一番近い道を知りませんか？　ユーエが、もしかしたらバラーキートにいるかもしれないんです」

「バラーキート？」

全員が、やや緊張した面持《おもも》ちで顔を見合わせた。おかみさんがなだめるように、肩に手を置いてくる。

「バラーキートへ行く街道は今もあるわ。定期的にオルニス軍が見回りをしてくれているから、決して危険なわけじゃないけど——でも、バラーキート国は危ないのよ」

「危ない？」

「向こうまで果物を売りにいって、帰ってこなかったフウル族もいるの。八年前にここが焼き払われたのも、バラーキートの差金《さしがね》だったっていう噂があって、みんなここ数年は、あちら寄りの丘や林には近づかないようにしてるんだよ」

「アルエットもやめたほうがいい。街道じゃなくても、丘や林の中を抜けて、西を目指せばバラーキート国には入れるけど、悪い連中が行き来してるっていう話も聞くからね」

若い夫婦の夫のほうも、アルエットに心配そうな眼差しを向けた。

「弟が向こうにいるなら、それこそハイダル様に頼もう。明日みんなで離宮にお願いに行けばいいよ」

「いえ。お願いなら僕が、ひとりで行きます」

アルエットは慌てて首を横に振った。ハイダルに誰かが言ってしまったら、アルエットが弟を助け出そうとしていると、ハイダルは察してしまうだろう。それは困る。

「離宮には顔見知りの使用人もいるから大丈夫です。ありがとうございます」

「陛下はお優しいから、大丈夫だよ」

おかみさんがにこにこして言い、夫婦の妻のほうも、笑顔でアルエットの手を握った。

「それに、ここにいれば安全よ。林や丘にいるっていう噂の連中も、オルニス軍を恐れてるから、フウルの里までは来ないの。最近じゃもう、いなくなったんじゃないかって思うくらい」

「まだ油断はできないよ」

夫のほうが窘《たしな》めたが、大丈夫よ、と彼女は取りあわない。

「だって、悪い人がいるって噂だけで、誰も見たことがないのよ。八年も経つんだし、これからは気にしなくてもよくなっていくわ。——子供が生まれたら、お弁当を持って遊びに行きたい」

夢見るように彼女はおなかを押さえて、アルエットはひそかに西へ目を向けた。林と丘を抜けていけばいいなら、食糧さえ持てば行けそうだ。今夜中に手に入れて、抜け出せるだろう。

食糧をこっそりもらうかわりに緑の箱を置いて、年嵩の男性の家を出たのは夜半過ぎだった。フウル族はだいたい、夜があまり得意ではない。日が沈んだら早くに眠って、日の出ごろに起きるのがいちばん身体が楽なのだ。

けれど八年にわたるヤズのもとでの生活で、アルエットは夜中起きているのも苦にならない。背中の麻袋を背負い直し、隠し持った首飾りを服の上から握りしめ、アルエットは道を外れて草地へと足を踏み入れた。

しんと静かで、梟《ふくろう》の声だけが時折響く中、まばらに木が焼け焦げた地帯を通りすぎると、木々の背が高くなりはじめ、アルエットはゆっくりと西に進んだ。岩が多くて歩きにくいが、進めないほどではない。月明かりが差し込むところを選びながら行くうちに、ごくかすかながら、獣道《けものみち》のような跡があるのに気がついた。

岩や木々を避けて蛇行はしているけれど、西に向かっているようだ。これをたどっていけばよさそうだと、ほっとして背中の荷物の位置を直した。

服の下の首飾りも握って確かめて、足を踏み出したときだった。

ひやりと、首筋になにかが当たった。

本能的な恐怖で足が竦む。周囲の岩陰や木陰から、闇が染み出すように動いた。それが黒い服を着た数人の男だと気づいた途端、真後ろに立った男が笑った。

「久しぶりじゃないか、アルエット」

「――ヤズ……！」

浅く息が乱れた。アルエットの首筋に短刀をあてがったまま、ヤズは回り込んで正面に来て、アルエットの顔を見て口を歪めた。

「親方、だろうが。恩知らずめ」

「――ッ！」

ガンッ、とこめかみを柄《つか》で殴られる。視界に火花が散り、脚が勝手に萎えた。揺れたアルエットの身体を物のように掴み、ヤズが憎々しげに唾を吐いた。

「おまえがしくじったせいでこっちは散々だ。首領には怒鳴られて、あやうく降格になるとこだったんだぞ。――だがまあ、まだ挽回はできる」

「う……ッ」

膝をついたアルエットの背中から、ヤズは麻袋をむしり取った。中をあらため、馬鹿にするようにこちらを一瞥する。

「また食いもん貯め込んでるのか。鳥人ってのは本当に貧乏くさいよな」

ごみでも捨てるように投げられた袋から、もらってきたパンや干した果物が散らばる。それが踵《かかと》で踏み躙られ、アルエットはぎゅっと身体の前で腕を組んだ。頭を殴られたせいで吐き気がして、視界はまだぐらぐらと揺れている。だが、服の下の首飾りだけは取られるわけにはいかない。

その腕を狙うように、ヤズが蹴り上げてくる。

「ぐ……うっ」

前のめりに倒れると、ヤズは髪を掴んだ。そのままずるずると引きずりながら、手下に顎で合図する。

頬が土と石で擦れる痛みを感じながら、アルエットは暗がりに目をこらした。手下はたぶん五人。馬が連れてこられ、ひとりが広げた大きな袋の中に、アルエットは放り込まれた。

血と脂《あぶら》、それに腐った肉のにおいがする。ヤズは袋の口を閉じると、無造作に馬の上に放り投げた。縄で鞍《くら》にくくりつけ、自分も同じ馬にまたがると、ついでのように袋の上から殴りつけてくる。拳が脇腹にめり込んで、アルエットは苦悶《くもん》の声を漏らした。重い痛みが全身を巡る。

ヤズはげらげら笑った。

「声自慢の鳥人のくせに、みっともない鳴き声じゃないか。俺にいやな思いをさせた分、道中しっかり躾《しつ》け直してやる。ガミル王子の館まで、五日かかるからな」

込み上げてくる胃液で唇の端を汚しながら、アルエットは目を見ひらいた。

――ヤズは、ガミルのもとに行くつもりなのだ。だったら、ヤズに見つかったのは、かえって幸運だったかもしれない。バラーキート国についたら、ガミル王子の居場所を探すところからはじめなければいけないと思っていたのだ。

（でも……ハイダル様は闇鋼と手を組んだって言っていたはずなのに）

ガミル王子とはもう仲間ではないのでは、と疑問に思ったとき、ヤズが威厳を誇示するように大声を張りあげた。

「いいか、俺ほどの人間になりゃ、こんなふうに目当てのものが、のこのこ目の前にやってきたりするのさ。言っただろう？　鳥人一人さらうのなんか、寝てたってできるってな」

後ろに従った手下らしき男の相槌が、アルエットにもかすかに聞こえた。だが、アルエットが旅団にいた頃のように、媚びへつらう態度ではないようだ。ヤズは鼻を鳴らした。

「腰抜けが、まだびびってんのか？　怖がることはないって教えてやっただろう。ガミルにしろハイダルにしろ、自分が一番賢いと思ってんのさ。だがそろそろ、誰が本当に賢いかを、教えてやる時間だ」

どん、と今度は背中を殴られる。ヤズは酒袋を開けたようで、喉を鳴らして飲むのが聞こえた。

「ガミルはバラーキートがオルニスと戦っても勝てると思い込んでる。同じようにハイダルも自分の国が勝てると思ってるが、どっちも勝ったら安泰になると思っているところがだめなんだ。外敵がいなくなりゃ、次は内乱だ。また国がばらばらになって争わなきゃいけなくなるように、俺たち闇鋼が仕組む」

自信たっぷりに言い放ち、ヤズはもう一度アルエットを殴った。

「まずはハイダル王にご退場願わないとな」

痺れる痛みに歯を食いしばりながら、アルエットは目を見ひらいた。――退場？

「でも、うまくいきますかね。ハイダル王は戦のたびに自ら軍を率いるようなやつでしょう」

一人が不安げに口を挟み、ヤズは「馬鹿が！」と怒鳴り散らした。

「尻込みしてたら殺《や》れるもんも殺れなくなるだろうが。今度こそ必ず、ハイダルはしとめる。こいつはそのための餌なんだからな」

殴ったばかりのアルエットの背中を、ヤズが撫で回した。

「あの馬鹿王め、七年前のことは不問にすると言いながら、アルエットには手を出すなと来たもんだ。俺たちがガミルと完全に手を切る気がないのも、ガミルがアルエットもほしいって言い出すのも見越してたんだろうが、あれじゃあこいつがお気に入りだって自分からばらしてるのと同じだ。ガミルが奪ったと知れば、腹を立てて乗り込んでくるだろうよ」

アルエットはじっと息をひそめて聞いていた。ヤズはオルニス国と手を結ぶふりをして、ハイダルを襲うつもりなのだ。

「来ますかね、王は」

手下たちはヤズへの信頼や忠誠心が薄れたのか、かつてのように絶対服従の様子がない。不審げな口ぶりにヤズは苛立たしそうに舌打ちし、酒をあおった。

「あいつも言っていただろ。王宮の使用人が心配するくらい、ハイダルはこの鳥人に入れ揚げてるって。そのせいであいつだって俺たちに手を貸す気になったんだ、絶対来るさ」

（あいつ？　ヤズは、王宮の中のことを知っている人とつながりがあるの？）

「のこのこ奪い返しに来たところを俺たちが殺す。どうせガミルじゃ相手にならんが、ハイダルだって大勢連れては他国に乗り込めないからな。今度は必ず、だ」

唸《うな》るように呟いたヤズは、再びアルエットの背中を殴りつけた。

「……ッ」

背骨が軋《きし》み、アルエットはもがいた。鞍にくくりつけられているせいで、身体を丸めたくてもできない。うめき声が漏れたが、ヤズはもう、注意を払っていなかった。

「俺がやつを仕留め損ねても、結局バラーキートとオルニスで戦争にはなる。ハイダルが無断で領土に入り込めば、バラーキート国王も無視はできんからな。だが、ハイダルは俺が、必ず殺す。あの野郎、俺に怪我させせただけじゃなく、見下しやがったからな」

憎々しげな呟きに、けれど手下は感銘を受けなかったらしい。

「でも、万が一、もしもですよ。ハイダルが来なかったらどうするんです？」

「うるせえな」

ヤズはもう一度舌打ちした。

「そのときは首領がフウルの里を襲う手はずだ。どっちにしたって戦争さ」

儲けるぞ、と怒鳴れば、これには手下たちも「おう」と声を揃えた。不安げな気配や不満そうな様子が消えて、かわりに粗野《そや》な陽気さが伝わってくる。馬の尻に鞭《むち》が当てられたかと思うと一気に走り出し、アルエットは揺られながら青ざめた。

ユーエを逃がしたことで戦争にはならないように、と方法を考えてきたけれど、闇鋼はいくつも戦争をはじめる手段を用意しているのだ。まさかフウルの土地を再び襲うつもりだなんて――せっかく戻りはじめた景色が、また失われてしまう。平和になったと喜んでいたあの夫婦や、フウル族のみんなが巻き込まれるのだ。

（だって、ハイダル様が僕でおびき出されるはずないもの）

ヤズはハイダルがアルエットを気に入っている、と思い込んでいるようだが、彼は来ない、とアルエットにはわかっていた。無論、来てくれなくてかまわない。けれど、そうするとハイダルに、フウルの里が危ないと伝えるのが難しくなる。

ユーエを逃がしたら全部終わりだと思っていたけれど、闇鋼がフウルの里を襲う計画を立てていることは、どうにかして伝えなければならない。それから、誰かわからないけれど、王宮内に内通者がいるらしいことも。

（ユーエさえうまく逃がせれば、ハイダル様に伝えてって頼める）

うまくできるだろうか、と不安で胸がいっぱいになり、アルエットは祈るように目を閉じた。できるかどうかはわからない。でも、やらなければ。

袋を外されたアルエットを見て、ガミル王子は「おお」と声を上げた。

「これだ。やはり羽の色がいい。ハイダルにはもったいないと思っていたのだ」

アルエットはすばやく周囲を見回した。ガミル王子の館の広間だ。オルニスの王宮ほどではないが、十分に広く、華やかな内装だった。

ガミルは王座のように豪華な椅子から下りて近づいてくると、膝をついたアルエットの顎を掴み、じろじろと眺め回した。周囲にはずらりと使用人が控えていて、主《あるじ》の振る舞いからさりげなく目を逸らしている。アルエットを連れてきたヤズたちはにやついていた。

「宴で聞いて以来、おまえの喘ぎ声をもう一度聞きたいと思っていてな。今日からは俺が飽きるまで、しっかり可愛がってやろう。……だが、ちょっと見ないあいだに汚れたな。使い古しだというだけでも価値が下がるのに、こうも汚いと萎えてしまう。風呂に入ってこい」

「それでしたら、ぼくが洗ってまいります」

聞き慣れた声に、アルエットははっとして視線を動かした。ユーエが広間に入ってくるところだった。

「ガミル様ったら、兄さんも呼んでくださったなら、教えておいてくれればよかったのに」

「驚かそうと思っていたんだ」

拗ねたそぶりを見せるユーエに、ガミルはアルエットの顔を離すと、嬉しげに頬をゆるませた。

「おまえはいい子だなあユーエ。おれのために、兄の身体も磨いてくれるのか？　この小さい指で、中までしっかり清めるんだぞ？　上から見ているから、兄が感じてしまうまで洗えるか？」

ユーエの手を握ったガミルは、華奢な指をこれみよがしに舐めた。あん、とユーエが声をこぼす。

「ガミル様がご覧になっていたら、恥ずかしいです」

「その恥ずかしいところを見せるのがおまえたちの仕事だぞ。おまえの秘所は、アルエットに粘汁を仕込んでもらうんだ。美しい鳥人の兄弟が、おれのために互いの身体を……すばらしい」

見応えがありそうだ、と鼻息を荒くしたガミルに、ぞっと鳥肌が立った。普段からこんな調子なのか、使用人たちは目を逸らしてはいるが、顔色ひとつ変えない。ユーエは恥じらいながら、上目遣いにガミルを見つめた。

「それでしたら、のちほど、ガミル様の前でご披露いたします。本当の準備はお見苦しいところもありますから、寝室で——お風呂の上からじゃなくて、殿下の目の前で、兄さんと気持ちよくなるところ、見てくださいますか？」

うるうると目を潤ませたユーエに、ガミルの鼻の穴が大きく広がった。目の前でか、と唸り、アルエットのほうを一瞥する。

「たしかに道中の汚れを落とすのは面白みがなさそうだ。では準備がすんだら、いつもの服を着て広間に来い。ヤズたちをねぎらうのに、おまえたちの磨いた姿を一目見せてやろう」

「はい、もちろんです。ありがとうございます」

ユーエはにこにこして礼を言い、すばやく跪いてガミルの服の裾に口づけた。従順な態度に気をよくしたらしいガミルは、王座のような椅子へと戻りながら「酒だ」と誰にともなく命じる。

ユーエが「こっち」とアルエットの手を引いた。

「これで少しゆっくりお風呂に入れるよ」

小声で言いながら片目をつぶってみせる仕草に、アルエットは目をみはった。さきほどまでの、ガミルに対して恥じらっていたのとは全然表情が違う。

慣れた様子で廊下を進み、ユーエが連れていったのは、建物の中に造られた湯室だった。天井は高く、上のほうになぜか回廊が造られている。

「ここで愛人をお風呂に入らせて、上からガミル王子が眺めるんだよ。変わってるよね、あの人。でも今日は追い払ったから大丈夫」

「……やっぱり、さっきのは演技だったの？」

「そうだよ」

　ぺろっと舌を出してみせるユーエはいたずらっ子のような表情だ。

「ガミル王子って、もっと大きな楽しみがある、と思うと我慢もしてくれるんだ。だから意外と、ぼくも抱かれる回数が少なくてすんでるよ。従順なふりをしてるから、ほかの使用人みたいに殴られたりしないしね。それに見て、お風呂は薔薇《ばら》の花を浮かべてあるんだよ。毎日いい香りのお風呂に入れるなんて贅沢でしょ」

「ユーエ」

　明るい口調がたまらなくて、アルエットは弟を抱きしめた。

「ごめんね……いやな思いをさせて、本当にごめん」

「兄さん」

　ユーエもアルエットの背中に手を回してくれる。

「たしかに、ガミル王子の相手をするのは楽しくないし、やだなあって思うけど、いいんだ。だって、こういう思いを、僕の分まで兄さんがずっとしてくれてたでしょ」

「そんなの関係ないよ。ユーエはしなくてよかったんだ。ユーエには、好きな人とだけ結ばれてほしかったのに」

「――うん。ぼくも、ごめんね。兄さんが喜ばないのはわかってたのに」

　甘えるようにアルエットの肩先に額をつけて、それからユーエは顔を上げた。

「それより、どうして兄さんがここに？　ハイダル様からは兄さんもこっちに来るとは聞いてなかったけど、連れてきたのはヤズだよね？　このこめかみのあざ、殴られたんでしょう？」

ユーエは労わるように髪をかき上げて、こめかみに触れてくる。

「それに、少し痩せたみたい。大丈夫？」

「僕は大丈夫」

この五日はほとんど飲み食いしていない。王宮からフウルの里に戻る道中も、あまり眠れていなかったから、身体がふらつくのは自覚していた。限界が近いのだ。けれど、それどころではなかった。

「よく聞いて。ユーエには、急いで逃げてほしいんだ」

ユーエはきょとんとした。

「どうして？　ゆっくりお風呂に入っても平気だよ。広間ではぼくがうたうし、適当にお酌でもしてれば、ハイダル様が助けに来てくれるよ。事情はよくわからないけど、アルエ兄さんが連れてこられたのも作戦のうちでしょう？」

「作戦？」

「うん。だってハイダル様、ぼくにガミル王子のところに行くように命令したとき、ことがすんだら助け出すからおとなしくしていてくれって言ってたもの。それってつまり、なにか考えがあって、ぼくをガミル王子に渡したってことでしょ」

それは——そうかもしれない。だがアルエットは、ハイダルが本当にここまで来るとは思えなかった。だって、もし助けてくれるつもりがあったとしたら、せめてジャダーロにはそう伝えるはずだ。ジャダーロがあんなに泣いてハイダルを責めたのに、彼は「諦めろ」としか言わなかった。王には自分の喜びや願いよりも、優先すべきことがあるから、と。

「きっとユーエにそう頼んだときとは状況が変わったんだよ。僕はヤズにさらわれてここまで来たんだ」

アルエットはフウルの里に戻された直後に襲われたことを手短に話した。そこで聞いた闇鋼の計画も伝える。

「ハイダル様は闇鋼と手を組んだって言ってたけど、闇鋼はハイダル様にもガミル王子にもいい顔をしておいて、どっちも裏切るつもりなんだ。僕をさらってここに連れてきて、それでハイダル様をおびき寄せるつもりみたいだけど、それはうまくいかないと思う。でもそうなったら、フウルの里がまた襲われちゃうんだよ。王宮にヤズと通じている人がいることも、誰かがハイダル様に伝えないと。——ユーエが、行ってくれるよね？」

「もちろん、行くけど……」

ユーエは戸惑うように表情を曇らせ、アルエットの目をじっと見つめ返した。

「兄さんも、一緒だよね？」

「もちろんだよ。二人で頑張ろう？」

　嘘をつかなければユーエが納得しないとわかっていたから、アルエットは微笑んだ。けれど、ユーエの表情は明るくならなかった。

「でもやっぱり、ぼくはここでハイダル様を待ったほうがいいと思う。入れ違いになったら困るし、ハイダル様だって闇鋼が卑怯な連中なのはご存じだもの、また襲われることもあるかもしれないって考えて、備えてあるんじゃないかな」

「街道は警備してくれてるって聞いたけど、林や丘から来られたらわからないよ。僕もそこを通ろうとしてヤズにつかまったんだもの。ヤズたちがそれだけフウルの里に近づけたっていうことでしょう？」

「――たしかに、そうだよね」

「それに、ハイダル様はここには来ない。ユーエにしろ僕にしろ、助けるために来たら、国境を越えることになるんだもの。バラーキートの国王も許さないだろうし、ガミル王子はちょうどいい口実ができたって喜んで、きっと戦争をはじめてしまう」

「……戦争」

　ユーエは瞳に不安そうな色をたたえて考え込んだ。その背中に手を添えて、急いで、とアルエットは促した。逃げるなら今のうちだ。

「お風呂に入ってると思われているあいだに、少しでも遠くに逃げたほうがいいよ。どこか、こっそり出られそうなところはある？」

「裏庭に出れば、塀を乗り越えられるかも。でも、塀の外にも警備の兵士がいるよ。ここはガミル王子の私邸だし、裏庭の先は森と崖だから、人は少ないはずだけど……」

ユーエはまだ気乗りしない様子だった。不安で当然だと、アルエットは髪を撫でてやった。つやつやと手触りがいいのは、ガミルがユーエを粗雑に扱わなかった証拠だ。肌にも傷はなく、それだけはよかった、と思う。

「じゃあ、裏庭から出よう」

もし見つかったら、そのときはユーエだけをなんとかして逃がすしかない。

用意された卑猥《ひわい》な服を掴み、アルエットは先に湯室を出た。薄くて布地の少ない服でも、羽耳を隠す頭布のかわりには使えるはずだ。本当は馬かロバが手に入れば一番いいけれど。

「外に出たらまっすぐ東に――」

向かってね、と言おうとして、アルエットは声を途切れさせた。あたりが騒がしい。宴の騒がしさではなく、なにか不穏な、ぴりぴりとした気配だった。

咄嗟に柱に身をひそめるのと同時に、武器を手にした兵士たちが庭に走り出てくる。怒号、硬いものがぶつかる音、金属の噛みあう耳ざわりな音。足音、陶器の壊れる音。

ドスン、とにぶい音が間近でしたかと思うと、隠れた柱のすぐそばで、男が倒れ込んだ。苦鳴《くめい》をあげてもがく男の背に矢が刺さっていることに気づき、アルエットはびくりと後ずさった。

誰かが襲ってきたようだ。一瞬ハイダルだろうか、と思ったが、倒れた男を踏み越えて現れたのは、いかつい顔つきの大男だった。これ見よがしに太い腕を肩からむき出しにしていて、入れられた刺青が揺れる篝火《かがり》の明かりだけでもよく見えた。雷と短剣の意匠。

——闇鋼だ。

なぜ闇鋼がガミル王子の私邸を襲うのか。まさかもう、建物の中にハイダルが来ているわけでもないだろうに。

隠れなきゃ、と踵を返そうとして、アルエットはぐっと踏みとどまった。ユーエを振り返る。不安そうな弟の顔を見つめ、強く拳を握った。

「今なら混乱しているから、抜け出せるよ。行こう」

「待って、アルエ兄さん」

「いいから、早く！」

躊躇っている余裕はなかった。ユーエの手を掴んで、次の柱の陰まで走ろうと飛び出す。一歩、二歩。けれど三歩目を踏み込む前に、横から塊が飛んできて、ひゅっと全身が竦んだ。

「——！」

投げ出されたのはすでに息絶えた、バラーキートの兵士だった。投げたのはさっきの、腕をむき出しにした大男だ。紐《ひも》を使わずに結んだ黒い頭布をなびかせながら、口元をにやりと歪ませた。

「見つけたぞ」

「兄さん、こっち！」

ぐん、と後ろから手を引かれ、アルエットはつんのめるようにして向きを変えた。ユーエが行こうとしているのは建物の中だ。どこか逃げ道があるのかもしれない、と思いながら、アルエットは振り返った。

にやにや笑った大男が、焦る様子もなく追いかけてきながら声を張りあげた。

「鳥人が二人、庭にいたぞ！」

びりびりと空気が震えるほどの大声だった。手にした鉈《なた》のような剣から血がしたたるのを見て、ぞっと鳥肌が立つ。

懸命に走り、ユーエと支えあうようにして建物に飛び込む。あちこちで男たちが刃《やいば》を交えていた。大男の声を聞きつけたのか、数人がアルエットたちのほうにやってきて、思わず二人とも足をとめた。おそらく闇鋼の者たちなのだろう。全員、紐を使わない頭布のつけ方をしている。奪われまいとしてか、横からガミル王子の衛兵が打ちかかった。槍と剣とがぶつかりあう金属音に、耳が痺れる。顔をしかめながら、アルエットは周囲を見回した。

ガミル王子の部下と闇鋼と、どちらにも捕まりたくない。

「闇鋼どもが、裏切ったな！　全員殺してしまえ！」

怒鳴りちらしながら、ガミルが奥から出てきた。自らも剣を手にして、憤怒《ふんぬ》の形相だ。それを追うように出てきたヤズが喚き返した。

「なんかの間違いだ！　俺の指図じゃないし、首領が俺を見捨てるわけがない！」

「ふん、どうだかな」

ガミルがヤズを嘲笑《あざわら》う。せめて彼らからは離れようとユーエの手を引き、向きを変えた途端、アルエットは立ち竦んだ。

背の高い男が、門から庭に入ってくるところだった。大男たちと同じ、紐を使わないで布端を結ぶ頭布のつけ方。

ハイダルだ、と一目でわかった。彼の視線は一瞬アルエットを捉《とら》え、すぐに取り囲んでくる兵士たちへと向けられたが、あの顔と姿を見間違えるはずがない。

（ハイダル様……どうして）

おかしなふうに胸が疼いた。悲しみにも似た痛みなのに、嬉しいような気もする。どうして来たんだろう。闇鋼の計画は知っているのだろうか。知っているとしたらどこまで？　駆け寄って、ヤズが命を狙っていると伝えたい。フウルの里を襲う計画があることも伝えなければならないけれど、ハイダルはアルエットと話すのを喜ばないだろう。

だって、こちらに気づいているはずなのに、彼はアルエットを見ようとしない。

せつないけれど、仕方ないことだった。ユーエに行ってもらおう、と振り返りかけたとき、舌打ちが響いた。

「あれは……ハイダルじゃねえか」

ヤズだった。眉を吊り上げて歯軋《はぎし》りし、腰から短刀を抜く。声を聞きつけたガミルが、血走った目でヤズを見た。

「ハイダルだと！　どこだ」

ヤズが面倒そうに顎をしゃくる。ハイダルは取り囲んだ四人の兵士の最後のひとりを打ち倒したところだった。

「やはり取り返しに来たか」

ガミルは歪んだ笑みを浮かべ、大声でハイダルを呼んだ。

「ハイダル！　許しもなくおれの館まで乗り込んできて、生きて帰れると思うなよ！」

「許しならバラーキートの国王に得ている」

地面でのたうつ兵士をまたいで、ハイダルがガミルへと近づいた。そこかしこに灯されたかがり火に剣がにぶく光り、ガミルは一歩後退った。

「父上の許可だと？　嘘をつくな」

「嘘ではない。闇鋼がバラーキートを裏切ろうとしている、近々バラーキート国軍になりすましてフウルの里を襲ってくるから、裏切りの証拠として、闇鋼の幹部の身柄を拘束し引き渡すと伝えたんだ。首領とやらは三日前に捕らえた」

アルエットは思わず胸を押さえた。では、ヤズが話していたフウルの里を襲う計画は頓挫《とんざ》したのだ。

アルエットがほっとしたのと反対に、ヤズの顔色が変わった。ハイダルの視線が彼を捉える。

「ガミル王子にはヤズという男を渡してほしいと頼んだはずだが、ずいぶん懇意にされているようだ。俺を欺《あざむ》こうとしたことと我が国の民を拐《かどわ》かしたことを不問にしてほしければ、ヤズとフウル族の二人はこちらに渡していただこう」

「そ……そんな条件が呑めるか！」

ガミルは怒鳴って剣を握り直した。だが自分では挑まず、殺せ！　と周囲の衛兵に叫ぶ。同時に、アルエットたちを振り返ると指差した。

「鳥人は捕らえておけ！」

兵士たちは命令に忠実に動く。幾人もがハイダルへと向かっていき、二人が自分たちのほうへ近づいてきて、アルエットはユーエと手を握りあった。忙《せわ》しなく周囲を見回し、人の少ないほうへ足を踏み出す。けれどいくらもいかないうちに、背後からがっしりと腕が絡みついた。

「……っいや、離して！」

もがきながらふり仰げば、アルエットとユーエを抱え込んだのは、あの大男だった。おとなしくしてろ、と睨まれるのと同時、ガミルの雄叫《おたけ》びが響き渡った。

兵士が誰も敵わないのを見て、ようやく自分でハイダルに打ちかかったのだ。

大仰《おおぎょう》な仕草でかまえて振り下ろした剣を、ハイダルは苦もなく受けとめる。逆に跳ね上げられ、たたらを踏んだガミルが、今度は体勢を低くした。下から狙おうとする泥くさい攻め方だ。余裕を持ってそれも退けるハイダルは、アルエットが見ても圧倒的に強い。

一瞬力を抜きかけ、アルエットはヤズが短刀を握った手を振り上げるのに気がついた。視線はハイダルとガミルを見据えていて、投げる気なのだ、とすぐにわかった。位置を変えながら打ちあうガミルとハイダルを観察して機をはかっている。必ず殺す、と言い放った暗い声を思い出し、アルエットは思いきり大男の脛《すね》を蹴った。

ふいをつかれた大男の力がわずかにゆるんだ隙に、腕にも噛みついて抜け出す。勢いのままヤズめがけて走って、振りかざされた腕にしがみついた。

吠《ほ》えるような声を上げ、ヤズは握った短刀ごと、アルエットを振り払おうとした。

「鳥人風情が、邪魔するんじゃねえ！」

罵声にハイダルが振り返る。兄さん、とユーエの声がした。ヤズの力が強い。掴まっていられない、と思った直後に、弾けるような熱い痛みが脇腹を襲った。

「――――っ！」

振り回された短刀が肉をえぐったのだ、と気づいたときには、身体は空に浮いていた。飛ばされ、数メートル離れた床に背中から落ちて、衝撃に息がつまる。痛い、熱い、苦しい。無意識に触れた脇腹がぬるりと血ですべった。

「アルエット！」

こんなに血が出るなんて、助からないかもしれない。足音が入り乱れ、逃げなきゃ、と思うのに動けなかった。ヤズが見える。剣を抜いている。近づいてきた彼がその剣を振り下ろすのを想像し、きつく目を閉じた。

罪人になるつもりだったけれど、死ぬならそれでもいい。罪はすべてアルエットにかぶせてもらえばいいのだから。

だが、切り裂かれる衝撃はやってこなかった。かわりに剣のぶつかりあう金属音と叫び声、いくつもの音が入りまじって聞こえる。ぐらりと身体が揺れたかと思うと、すぐそばで声がした。

「アルエット、しっかりしろ」

目を開けると、ハイダルがアルエットを抱え起こして、顔を覗き込んでいた。兄さん、とユーエの泣きそうな声もする。助けられたのだ、と気づいてせつなくなって、アルエットは胸元を探った。

「ハイダル様……僕、は」

「大丈夫だ。すぐに手当する」

励ますように言いながら、ハイダルはアルエットの脇腹を見た。じくじくと痛むそこは、まだ血があふれているようだった。大きな手のひらがあてがわれ、痛みでどっと汗が噴き出してくる。意識が遠のく。力が入らない手で、どうにか服の中から首飾りを取り出した。

「手当は、いりません……僕を、置いていって」

「アルエット！　目を閉じるな。置いてはいかないから、こっちを見ろ」

ハイダルの声が大きくなったり小さくなったり、揺れて聞こえた。大丈夫です、とアルエットは呟く。

「僕が、この首飾りを盗んだことにすれば……盗んで逃げて、勝手に弟を奪い返しに来ただけなら、ガミル王子も、バラーキート国王も、ハイダル様を責められませんよね……」

「――アルエット」

「戦争はしたくないって、言ってたから」

苦い声は、迷惑だ、と思っているからだろうか。ぐっと脇腹にあてがわれた手に力がこもる。

「そんなことを考えていたのか、おまえは」

不思議ともう痛みは感じないのに、手足から力がどんどん抜けていく。だって、とアルエットは息をこぼした。

「ハイダル様に、迷惑だけは、かけられないから……」

いろいろごめんなさい、と謝りたかった。いつもそうだ。フウルの里から逃げた日から、アルエットが選んだことは全部間違っていて、失敗だった。ひとつくらいは正しいことをしたかったけれど。

「ハイダル様は、幸せだって、思わせてくださった人なのに……ごめんなさ、い」

「アルエット、だめだ！　いくな、頼むから」

身体が大きく揺れた。抱きしめられているような気がしたけれど、アルエットの願望かもしれなかった。ハイダルの声が必死に聞こえるのも、そうだったらいい、という希望だろう。

——もし次に生まれてくることがあったら、こんなふうに抱きしめてくれる人を、愛せる人生がいい。


最初に気づいたのは、全身をふんわりと包み込む感触だった。あたたかくて、肌触りはさらりとしてなめらかで、天国なのかな、とぼんやり思う。まるで雲の上で眠っているようだ。気持ちいい、と感じると、次は喉が渇いていることに気づいた。

死んでしまっても喉は渇くのか、と感心しながら目を開けて、アルエットはまばたきした。天井が見える。青く塗られ、白と金色の飾りをほどこした、丸い天井だった。

視界の端でさっとなにかが動いたかと思うと、ハイダルの顔がこちらを覗き込んでくる。

「アルエット！　気がついたか」

「……ハイダル様？」

死んだのではなくて夢を見ているのだろうか。よかった、と安堵の表情を浮かべるハイダルは、優しく羽耳を撫でてくれた。

「傷は痛まないか？　薬がまだ効いているはずだが」

「傷？」

聞き返して、そうだ脇腹を切られたんだった、と思い出すのと同時、疼痛が背中まで響いていることに気がついた。痛みはするが、感覚はぼんやりとしていて、耐えられないほどではない。

——生きている。

「……僕、死ななかったんですね」

きっと気絶してしまったのを、ハイダルがどこか安全なところまで連れてきてくれたのだ。一気にさまざまなことが思い出されて、アルエットは身体を起こした。ユーエ。戦争のこと。ガミル王子。王宮内にいるヤズの内通者。闇鋼の企み。フウルの里が狙われたこと。

「どうしよう……あの、大丈夫でしたか？　ガミル王子は怒ってましたよね。戦争にはなりませんか？　今からでも罪人として、バラーキートに引き渡してもらっても、——っ」

起き上がろうとすると脇腹から痛みが走って、アルエットは息をつめた。ハイダルがすばやく肩を支え、枕をいくつも重ねて寄りかからせてくれる。

「無理はするな。幸い傷は深くなかったが、まだ少し熱もあるようだ。——水を持ってきてくれ」

ハイダルが視線を横に向けると、さっとお盆が差し出される。ささげ持っているのはオームで、びっくりして見つめると、にっこり笑いかけてくれた。

「アルエットさん、ここに着いてから二日も眠っていたんですよ。ハイダル様が夜も休まずに馬を走らせて連れて帰ってきて、向こうからここまで二日半ってとこですから、五日近くも意識がなかったんです」

「——ここは？」

「フウルの湖のそばの、離宮です。ユーエさんもいますから、安心してくださいね」

「バラーキートのことや闇鋼のことは、もう気にしなくていい。おおむね、俺が望むとおりに決着がついたから」

「……そうなんですね」

ハイダルがそう言うからには大丈夫なのだろう。力を抜いてため息をつくと、ハイダルが陶器の杯をアルエットの口元にあてがった。飲みなさい、と促されて唇をひらくと、冷たい水が口に流れ込んできた。一口飲み込んで、アルエットは首を横に振った。

「ありがとうございます。それから、すみません。たくさんご迷惑をおかけしてしまいました」

「アルエットが謝ることはなにもない。謝るべきは俺のほうだ。怪我をさせて悪かった」

ハイダルは杯を置くと、真摯《しんし》な表情でアルエットの手を握った。

「おまえには幸せになってもらいたいと思っていたのに、結局苦しい思いをさせたことも、悪かったと思っている。ユーエを助けたら、自分は死ぬつもりだったのだろう？」

「それは……そうするのが、一番誰にも迷惑をかけないと思ったからで、ハイダル様のせいじゃないです」

「だが、迷惑をかけてはいけないと思わせたのは俺だ」

そう言ってから、ハイダルは苦笑した。

「この調子だと、互いに謝っているうちに日が暮れそうだな。なにが起こったか、アルエットにも順に伝えたいが——どこから話そうか」

手の甲をそっと撫でられて、喉の奥がせつなく疼いた。わからないことはたくさんある。どうしてハイダルが来たのか。フウルの里が襲われることも、予測していたのかどうか。ヤズやガミル王子がどうなったのか。でも、あえて聞きたいとは思わなかった。フウルの里が無事で、ユーエも、ハイダルも無事なら、もうそれでいい。アルエットにできることは、これ以上はないから。

大団円だ、と思うのに、せっかく命が助かったのに——喜びや安堵よりも、やるせなさが勝《まさ》る。こんなに丁寧に扱ってくれなくてもいい、とハイダルに言ってしまいそうだった。

「少しだけ休ませてもらったら、お暇《いとま》します。離宮にいつまでも置いていただくわけにはいきませんから」

「アルエット」

困ったようにハイダルが眉根を寄せた。

「そんな顔をしないでくれ。……いや、アルエットが俺を厭《いと》うのは当然だな。迷惑ならば、もちろん自由にしてくれてかまわない。だが、傷が完全に治るまではここにいてもらう。いやでなければ、ジャダーロにも会ってやってくれ。ユーエと二人で勉強をしているが、もうすぐ終わるはずだ」

アルエットの頭を撫でかけて、ハイダルはぐっと拳を握った。かわりに、穏やかに微笑みかけてくる。

「償いはいくらでもする。そう言っても、アルエットはなにも望まないだろうから、思いつくものは俺が用意しておこう」

「償いだなんて……僕は、なにもいりません。怪我のことなら気にしないでください、僕が勝手に動いて、勝手に怪我しただけですから」

詫びようとしてくれる彼の態度がせつなかった。アルエットが怪我したせいで、ハイダルには悔いが残ったのだろう。大丈夫です、と言うと、ハイダルはいっそう困った表情になった。

と、オームが盛大に咳払いした。

「ハイダル様。ジャダーロ様とユーエさん、それに私にも、私のご主人様にも約束しましたよね？　まずはきちんと謝罪してから、全部アルエットさんに伝えるって」

なんだか怖い声のオームを、アルエットはぽかんとして見つめた。オームはアルエットの視線に気づくと、ふわりと顔を綻ばせた。

「アルエットさんを連れてお戻りになったとき、ハイダル様はそれはそれは焦っておいでだったんですよ。覇王と呼ばれて幾度も戦を経験しているから、傷の程度くらい見極められるでしょうに、アルエットさんが目を覚ますまで、この部屋を離れなかったんですから」

「……ハイダル様が?」

そんなに心配させてしまったのか、と申し訳ない思いでハイダルを見れば、ハイダルは彼らしくもなく、気まずげに視線を逸らした。

「傷はたしかに浅くて、内臓は傷ついていなかった。大事ないと医者にも言われたし、これが自分の傷なら心配しなかったが、アルエットは慣れていなくて、身体も華奢だ。長年虐げられてきたせいで痩せているから体力がないはずだし、万が一、ということがあるだろう」

呟くように弁解し、ハイダルはアルエットの横に腰を下ろした。枕に背を預けたアルエットに寄り添うような体勢で、羽耳にかかる髪をそっと払う。

「やはり、一番はじめから話そう。――頭を、撫でてもかまわないか?」

「え……?」

どきりとして、アルエットはハイダルを見上げた。目の端をわずかに下げて、ハイダルが言い直す。

「以前、嬉しいと言っていただろう。今も嬉しいなら、撫でてやりたい。かまわないか?」

「えっと……それは、はい」

　どきどきしたまま困惑し、アルエットはぼんやりと頷いた。ハイダルが撫でたいならそうすればいいのに、わざわざ許可を求める意図がわからない。だいたい、どうして撫でたいなんて思ってくれるのか。

　わからないのに、じっと見つめてくる瞳から目が離せなかった。

　ハイダルは丁寧に手のひらをアルエットの頭に添え、ゆっくりと撫でた。大きくてしっかりとしたぬくもりが頭を覆う。あたたかい、と感じると目の奥が痛くなって、アルエットは慌てて目を閉じた。泣くわけにはいかない。

「はじめは、珍しいな、と思ったんだ」

　ハイダルは懐かしむような声音だった。

「フウルの里は定期的に訪ねているが、こんな羽色のフウル族は初めて見た。穏やかで愛情深く、臆病なのはフウル族らしい性格なのに、俺を殺そうとしたあとは、説得した俺に向かって礼を言う。萎縮するわけでも、悔しがるでもないから、珍しいと思った」

　ひどく遠く思えるできごとを、ハイダルが語る。意図がわからないまま、撫でる手がとまらないから、アルエットは顔を上げられずに聞いた。

「なにも知らされずに働かされていたせいで、無垢すぎるのは哀れだと思った。わざと無知なまま育てたヤズには腹が立って——なのに肝心のアルエットは、闇鋼を恨むどころか、自分を責めて後悔して泣く。……美しいと思ったのは、前にも伝えたな」

そのときからかな、と呟いて、ハイダルがアルエットの顎を掬い上げた。上を向かされておずおずと目をひらくと、彼は思いのほか真剣な表情だった。

「幸せになってほしい、と考えるようになった。つらい思いも苦労もしたのだから、アルエットにはこの先、なんの不安も抱かずに幸福でいてもらわなければ、王として失格だと思った。だが、アルエットが泣けないと言い出して、かわりに掃除や身体を使った奉仕ならできると言い出したとき、歌娼の仕事をしていた獣人の男なら、たしかに抱いてもかまわないと思ったんだ。あれが、間違いだった」

「……間違い？」

「間違いというのは違うか。その時点で、気づくべきだったんだろう」

ハイダルは自嘲するように言い、じっとアルエットを見つめた。

「アルエットは無理やり歌娼の仕事をさせられていたんだ、苦痛だったはずの行為をまたさせるなんて、幸せになってほしい相手にすべきことじゃない。にもかかわらず、アルエットのことを抱いたのは、きっとどこかで、そうしたい、と思っていたからだ」

「……」

それは、どういう意味だろう。

目を見ひらいたアルエットに、ハイダルが微笑を浮かべる。

「わかるか？　無意識に手に入れようと考えたんだ。だからアルエットに発情期が来てはっとした。フウル族は鳥人、獣人だ。発情中にまじわれば子ができることもある。子供はもたない、と決めていたから、がっかりした。アルエットが鳥人でなければよかったのに、と思ってしまった。――この時点で、我ながら人でなしだな」

微笑が苦笑に変わり、ハイダルはまた頭を撫でてくれた。

「だがすぐに考え直した。かえってよかった、と考えようとした。もしアルエットが人間だったら、俺のために都合よく、いつまでも拘束してしまっただろう。発情期があり、子もなせる相手を後宮にはおいておけないから、なるべく早くフウルの里に帰そうと決めた。フウルの里で同じフウル族と結ばれるのが、アルエットにも一番の幸せだろうと思ったんだ。心のどこかで惜しいと思いながら、王は自分の望みや欲よりも、優先すべきことがある、と己に言い聞かせていた」

「あ……ジャダーロ様にも、そう言ってましたね」

思わず口にすると、ハイダルは頷いてくれた。

「あのときも半ば自分に向かって言っていたんだ。アルエットが好いてくれているなら妃に迎えてもいい、と考えてしまわないように」

さらりと「妃」と言われて、どきんと心臓が跳ねた。ハイダルは少しだけ顔を近づけてくる。

「自分でも怖かった。アルエットを妃に迎えると言えばほとんどの国民が喜ぶだろうし、フウル族なら征服してきたほかの国からも文句が出づらいはずだ。そんなふうに俺にとって都合のいいことばかり思いついて、手放したくなくなっていることに気がついた。だが、それではアルエットの幸せを損ねてしまう。妃になれば気苦労もあるし、心ない者から鳥人のくせにと蔑まれることもある。後宮などもってのほかだ。ほかの女を入れねばならなくなったり、妃がいないのはアルエットのせいだと言うやつもいるだろう。そういう思いをさせてもそばにいてほしいと願うのは身勝手だ。——だから、いっそ嫌われるしかない、と思った」

窺うように至近距離から見つめられ、アルエットは息もできずに見つめ返した。胸が——心臓が、どんどん速さを増していく。

「アルエットは他人を憎まない。ヤズのことさえ恨まないような性格だ。道具でいい、と言い出すくらいだから、俺のことも恨まないだろう。好意を寄せるべき相手ではないとわかってもらうには、冷酷に見せなければならない。そう考えて、アルエットが一番傷つくように、ユーエを使うことにした。もちろん、アルエットのことも『道具』にする。ガミル王子と闇鋼のことに決着をつけるのに使えば一石二鳥だ。友好の証としてガミル王子にユーエを渡すが、王子がそれだけで満足するはずがない。闇鋼も、声をかければ手を結ぶそぶりはするだろうが、仲間を直接、大勢手にかけた俺を恨んでいるのもわかっていた。だから必ず、アルエットにもフウルの里にも手を出す。俺からの友好の申し出を受けておきながら蹴った、というかたちにして、それを口実にアルエットとユーエを取り返し、バラーキート国王に今度こそ、不戦の条約を結ばせる予定だった。おまえたちを助けるのは部下に任せるつもりだったし、そのころにはアルエットも俺に愛想をつかしているだろうから、二度と会わないつもりでいた」

だが、と掠れた声は少し苦しそうだった。

「おまえが拐われることは予測していたのに、ヤズが暴力をふるったと聞いたら、部下には任せておけなくなった」

指先が、羽耳の付け根からこめかみを労わるように撫でた。

「殴って袋につめて、鞍にくくりつけていったと聞いて、何度虐げれば気がすむのかと腹が立って——ヤズだけは許せずに、自分でガミル王子の館に出向いたんだ」

「そういえば……ヤズは、どうなったんですか?」

「あの場で始末した。手下もすべて捕らえたし、フウルの里を襲おうとした首領の一団も捕らえたから、闇鋼はもう組織だっては動けまい。残党も追えるかぎりは探させている。ガミルはバラーキート国王が幽閉を決めたようだ。以前から手を焼いていて、今回のことで第二王子に国をつがせることにしたらしい」

ハイダルはかるく息をついた。

「——かたはついた。おおむね予定どおりに、俺の望むようになった。アルエットの怪我だけは悔いが残るが、おかげで思い知った。俺は」

覗き込むように見つめてくるハイダルの瞳は、輝くようにも燃えるようにも見えた。熱い、と感じて喉が張りつく。

「俺は、アルエットを手放したくない」

「……――ハイダル、さま」

耳鳴りがしたときのように、一瞬意識が真っ白になった。浅く喘ぐと、ハイダルは静かに額を押しつけてきた。

「おまえの血を見たとき、心臓がとまるかと思った」

「……っ」

「頭が沸騰したみたいに怒りが湧いた。もし死んだら皆殺しでも足りぬ。気づいたらヤズを倒していて、必死でアルエットを抱き起こしながら、生まれて初めて怖いと思った。おまえが失われるのが、恐ろしいと」

「ハ、イダル様」

ずきずきと胸が痛かった。動けない身体にハイダルの腕が回って、彼は羽耳に口づけるように囁いた。

「これから先は、一筋も傷はつけさせないと誓う。おまえに少しでも眉をひそめる者は、王宮には入れないし、おまえの視界にも入らせない。苦労や不安も感じないように、できることはなんでもする。……それでも、同じフウル族とおだやかに暮らすよりは、幸福ではないかもしれない。道具扱いした過去も変えられないから、アルエットがいやだと言えば、二度とおまえ

の前には現れないと約束する。どちらでも、アルエットの好きなほうを選んでくれ」

ただ、と言い添えた声は甘かった。

「たとえそばにいてくれなくても、おまえを愛している」

ああ、と泣くように声が漏れた。

苦しくて痛い。胸も喉も塞がれて、身体が震える。死んでしまいそうな気がするほど――これは、喜びだ。

ハイダルの名前をもう一度呼ぼうとして、声が出なかった。彼ははっとしたように身体を離し、アルエットの顔を見ると痛むように目を細めた。

「泣くのは、悔やんでいるせいか？」

壊れもののようにそうっと眦《まなじり》を拭われて、あたたかさにまた涙がこぼれる。アルエットは首を横に振った。

「嬉しくて……」

ハイダルの指を追うように、ほろほろと涙が落ちていく。声は震えてしまったが、ハイダルはほっとしたように頰をゆるませた。

「嬉しい、と言ってくれるのか。アルエットはどこまでも優しいな。だが、俺とともに生きるか、別れて生きるかは、俺に気兼ねせずに選んでいいんだ」

「僕は」

手探りでハイダルの服を握り、アルエットは嗚咽を呑み込んだ。涙がとまらない。きっと顔はぐしゃぐしゃだ。みっともないだろう、と思うのに泣きやめなくて、思いきってハイダルの背中に手を回した。彼は真実を教えてくれて、初めて口づけしてくれた人だ。幸せだと、思わせてくれた人。

「……僕は、ハイダル様と一緒に、いたいです」

大きくて、抱きつくのも大変なくらいたくましい身体は、硬いのに不思議と心地よい。おずおずと手に力を込めれば、ハイダルは優しく抱きしめ返してくれた。

「聞かせてくれ。いたい、と願ってくれるのは、アルエットが俺と同じ気持ちでいてくれているからか？」

知っているはずなのに問われて、目を閉じた。たしかに、口にしたことはなかった。ちゃんと確かめてくれるのも、きっとハイダルの思いやりだ。

「——好き、です。ハイダル様が、好き」

足りない気がして、大好き、と言い直したら、ハイダルはそっと頭を離して目をあわせた。幸福そうな輝きを宿した瞳で見つめ、かるく唇を触れあわせてくる。

「ん……」

うっとりと身を委ねかけると、ぐすっ、と啜《すす》り泣きが響いた。びっくりして見れば、オームが腕で目元を覆って泣いていた。

「よかった……よかったです」

「まったくだ！　あにうえがぼんくらすぎて、このジャダーロさまもしんそこしんぱいしたぞ！」

にょき、と寝台の下からジャダーロの顔が生えてくる。生意気そうな口調ながら、表情はご機嫌だ。その隣からユーエも顔を出した。

「ぼくはちょっと複雑です。ハイダル様には反省してもらいたいな」

「まあ、そう責めてやるな。アルエットが怪我をしたのは、四分の一くらいは俺のせいだ」

聞き覚えがあるようなないような声にまたびっくりすると、いつのまにか、オームの後ろに大きな身体の男が立っていた。労わるようにオームの肩に手を置いた彼の顔を見上げ、アルエットはひっと息を呑んだ。

ガミル王子の館で見た、闇鋼の刺青をした大男だ。身を竦ませたアルエットに、ハイダルが大丈夫だ、と言った。

「彼はガダンファル、オームの後見人だ。我が軍の将軍で、普段は旧オルニス領を治めている。闇鋼の情報を得るのに、先にバラーキートに入ってもらっていた」

「でも、腕に刺青が――」

かがり火の明かりで見ただけだが、間違うはずがない。ガダンファルと呼ばれた大男は、声をあげて笑うと袖をまくった。腕の筋肉には、なんの跡もない。

「ありゃ偽物さ。仲間だと思わせたほうが便利だし、万が一にも俺の身分がバラーキートの人間に知られちゃまずいだろう」

「私も知らされてなかったので、ハイダル様と一緒に戻ってきたときはびっくりしました」

まだ涙をにじませながら、オームがうらめしげにガダンファルを見上げる。仕方ないだろう、と言いつつオームの頭を撫でるガダンファルは優しげな顔つきで、それを見るとようやく、悪い人ではなかったのだ、と安堵した。

「……すみません、僕、噛みついてしまいました……」

「気にするな。こっちこそ、まさかフウル族が噛みつくと思わなくて油断したせいで、アルエットに怪我をさせることになって悪かったよ」

笑うと、いかつい顔も気さくに見えた。アルエットはふと思い出して首をかしげた。

「でも、じゃあ、ヤズが言っていた内通者って、誰だったんでしょう」

「それはたぶん、ミラだ」

アルエットの肩を丁寧にさすり、ハイダルが弟へと気遣うような視線を向けた。

「ジャダーロが、最近のミラは変だ、と言い出したときは、ジャダーロがアルエットとユーエを好きすぎるせいだと思っていたが、俺がヤズを呼んだあたりから、たしかに彼女の様子が変わったように見えた。性根の悪い人間ではないが、王家を思うあまりに道を踏み外すことはありそうだから、目を離さないように、フウルの里にジャダーロも連れていくことにしたんだ。

どうやら、ヤズの手先が、罪を犯した鳥人を遠くに連れ去りたい、と彼女に持ちかけたようだな。ミラはアルエットが泊まる家を相手に教えて、誘拐できるようにしていたようだ」

「……そうだったんですね」

ジャダーロは悔しそうに唇を噛んでいる。それでも健気にアルエットを見上げ、あんしんしろ、と言い放った。

「もうクビにしてやったぞ。おれはユーエがいればいい」

手はしっかりとユーエとつないでいる。ユーエは嬉しそうにジャダーロを見下ろしていて、なんだか胸が熱くなった。

弟が幸せそうなのが、なによりもほっとする。自分のせいでしなくていいつらい思いをさせたことは、今でも申し訳ないけれど。

ごめんね、と言おうとすると、ユーエは封じるように「兄さん」と呼んだ。

「ぼく、悪いのはハイダル様だと思ってるから謝らないでね。もちろん、一番悪いのはヤズたちだけど、兄さんの怪我のことはまだ怒ってるから」

「ユーエ、怒るなんて……」

ユーエはハイダルを睨みつけて、アルエットはおろおろしたが、ハイダルはごく真面目な表情で頷いた。

「罪は一生かけて償おう」

「で、でも、道具でいいですって僕が言ったんですし、ハイダル様は僕の幸せを考えてくださって、ちゃんと助けにも来てくれたから——」

償う必要なんてない、と言いたかったのに、ハイダルの指が唇を塞いだ。アルエットの肩を抱き寄せなおして、ハイダルは部屋に揃った一同を見渡した。

「未来の我が妃を案じて集まってくれたことには礼を言うが、そろそろ下がってくれないか。アルエットに食事をさせたいし、休ませたい」

「む。さてはふたりきりになってかわいがるつもり……むぐ」

はしゃいだ声をあげかけたジャダーロの口を、ユーエが塞いでにっこりした。

「もちろん、食事をして休ませてくださるだけですよね。アルエ兄さんはまだ怪我が治ってないんですから」

「それでも我々は邪魔なんだろう。ハイダルがあんな顔をするのは珍しい、わがままを聞いてやろうじゃないか」

ガダンファルはにやにやしていて、オームは満足そうに何度も頷いた。

「では半刻ほどしたら、かるいお食事や檸檬《れもん》水をお持ちしますね。ごゆっくり」

四人は連れ立って部屋を出ていく。アルエットはぼうっと熱くなった顔を俯けた。からかうような口調や視線が、好意的なのはわかる。それでも恥ずかしい気がするのは、ハイダルが「妃」と言ったせいだ。

　さっきは嬉しくて舞い上がって、大好き、と言ってしまったけれど、自分に王妃がつとまるなんてとても思えない。

「あの、やっぱり僕後宮で……」

「後宮はなくす。あの建物はアルエットのための住まいにしよう。傷が癒えるまではここで療養してもらうが、戻ったらすぐにでも婚姻《こんいん》の儀式を行い、国中に公布する。宴にはフウル族をたくさんまねいて、祝福の歌をうたってもらう」

　ハイダルはきっぱりとそう告げると、アルエットを見つめて微笑んだ。

「アルエットが好きだと言ってくれたのだから、妃はおまえ以外はありえないし、俺は一度決めたことはすみやかに、確実に成し遂げたい」

　優しく落ち着いているのに、燃え立つような眼差しだった。表情はゆるぎない自信に溢れていて、戦でも政《まつりごと》でも、彼はこんなふうに、まっすぐに進んできたのだろう、とアルエットは思った。

（でも、痛みも、迷うことも知っていて、優しい人だ）

　そんな人に、これからは寄り添って生きる。そばにいてほしいと願われて、大切だと言われて。

　いいな、と囁くように確認され、アルエットは小さく頷いた。顎を掬われるのを待たずに、そっと目を閉じる。

ささげるように上げた唇に、ハイダルは敬虔《けいけん》な丁寧さで口づけてくれた。

久しぶりに戻った王宮は、どこも美しく花で彩られていた。新年や祝福の儀式のときに飾られる香草の輪飾りもいくつも吊り下げられて、爽《さわ》やかな芳香が花の甘い香りと入りまじっている。

妃を迎えることになった王と、嫁《とつ》ぐことになった妃とを祝うための飾りつけだ。華やかでありながら厳《おごそ》かな雰囲気に、けれどアルエットは驚くひまもなかった。

「……ん、……っ」

唇を塞ぎながら寝台へと押し倒されて、甘い眩暈を覚えて吐息を漏らす。服を脱がそうとするハイダルの動きは、いつになく忙しなかった。

「ハイダル様……先に、お風呂に……ん、んっ」

「湯浴みはあとでいい」

「でも、まだお昼すぎだし、汗が……ぁっ」

こんな時間から、汚れた身体で抱かれるのは申し訳ない、と思ったのに、服を剥がれ、胸を撫でられると声が震えた。じゅわ……と下半身が熱くなり、咄嗟に膝を閉じかける。ハイダルは「アルエット」となだめるように呼んだ。

「つらいのだろう？　発情したのは昨日だったのに、旅の途中だからと我慢して、苦しかったはずだ」

ちゅ、と鼻先に口づけられ、アルエットは赤くなった。

——そう、昨日、また発情期が来てしまったのだ。

腹の傷が癒えるのには思ったよりも時間がかかり、フウルの湖のそばの離宮で過ごすあいだに、季節は乾の季になった。

少しの痛みさえ我慢すれば、緑の季のうちに首都まで戻ることもできそうだったのだが、それはハイダルが許さなかった。馬やロバの引く座敷車に乗っても、まったく痛くなくなるまで待ったおかげで、また身体が火照る時期が訪れたのだった。

王宮についたらすぐに慰めてやる、と言われていたけれど、まさか寝台に直行するとは思わなかった。ハイダルからも求められているようで嬉しい反面、申し訳なさも募る。

「いつもなら、年に二回くらいだから、こんなに早くは来ないんですけど……」

下半身も裸にされると、小ぶりな性器がぷるんと勃ち上がる。先端はすでにぬめっていて、アルエットは恥じてまぶたを伏せた。

「フウル族は年に五回来ることもあるというじゃないか。今までは栄養や睡眠が足りていないせいで、発情もできなかったのだろう」

ハイダルはつんと尖った乳首の周りをそっと撫で、いいことだ、と微笑んだ。

「健康になって大切な時期をきちんと迎えられるなら、俺も嬉しい」

「――でも、ハイダル様にとっては少ないほうがいいですよね。子供ができないようにしないといけないですし、僕ひとりで我慢すれば……」

「アルエット」

やんわりと、ハイダルが遮った。

「おまえが幸せになれるように、できることはなんでもする、と約束したのを覚えているか？」

「……はい」

告白されたときの喜びが蘇って、ぽうっと胸が熱くなる。こくんと頷くと、ハイダルは羽耳を撫でてくれた。

「鳥人の、それも男性を妃にして、後宮はなくすとなれば、前代未聞だと眉をひそめる者も多いだろう。そういう人間にもアルエットを快く受け入れてもらうには、子をもうけるのが一番だ。もちろん、アルエットがいやでなければ、だが」

「僕は、いやじゃないです」

これまで自分が身籠ることなど想像したことがなかったから、いやだとかほしいとか考えたこともないのだが、相手も望んでくれるなら、授かってみたいと思う。

もちろん、親になるのは大変なことだ。不安はあるけれど、それでも、ハイダルの子供ならきっと可愛いだろう、とも思うのだ。

「でも、ハイダル様が無理するのは、嬉しくないです。いろんなことを考えて、お妃も子供も持たないってお決めになったんでしょう?」

「考え方を変えることになっても、アルエットの幸せを大事にしたいんだ。子供を授かったら、ジャダーロの治世《ちせい》とあわせて、いっそう時間をかけて、俺が目指す国のあり方に整えていくこともできるだろう? アルエットが産んでくれる子なら、必ずジャダーロとも仲良くなれるし、性格のいい人間に育つに違いないからな」

それに、とハイダルはわずかに自嘲の笑みを浮かべた。

「今思えば、俺さえ子供を持たなければ民の考えを変えられると思うのは、傲慢だった。反対に、世継ぎがいたら民が必ず王政を望む、と考えるのだって傲慢だ。どんな国にしたいか誠実に伝えて、民も王も共に学んでいけば、妻や子供のあるなし、どんな仕組みの政《まつりごと》かにかかわらず、よりよい生活を送れる国になるはずだ」

「――そうですね。きっと、そのとおりです」

ハイダルはいい王だ、とアルエットは思う。これからは、近隣の国々での噂も、恐ろしい侵略者ではなく、平和と繁栄をもたらす覇王だという賞賛に変わっていくに違いない。

じっと見つめると、ハイダルは優しく目を細めた。

「アルエットも望んでくれるなら、今日は最後まで一緒だ」

囁きながら口づけてくるハイダルの唇に、じんわりと幸福感が満ちてくる。差し込まれた舌は誘うように動いて、アルエットは控えめに吸った。

「ん……、ん、む、……んんっ」

大きくて熱い舌を吸うのも気持ちいいけれど、尖らせた舌先に上顎を擦られると、うなじから腰骨までぞくぞくと快感が走る。ひくついて唇から力が抜ければ、今度はアルエットの舌が吸い出された。

「ふ……っ、ぅ、んっ……」

甘噛みされ、たらたらと唾液がこぼれていく。ハイダルは丹念にアルエットの舌を味わい、押し戻すようにしてまた己の舌を入れた。かすかな音をさせながら絡めあううちに、アルエットはぼうっと蕩けた。

気持ちいい。口づけは傷が癒える前から毎日交わしているけれど、与えられる快感には慣れるどころか、悦びが増す一方だ。

たっぷり愛撫されて唇が離れていったときには、肌はしっとりと熱を帯び、手足には力が入らなくなっていた。潤んだ目をしたアルエットを愛しげに見下ろし、ハイダルは自身も服を脱ぎ落とす。

筋肉に包まれた胸から腹のかたちにどきりとして、アルエットはこくんと喉を鳴らした。ハイダルに抱かれるのは久しぶりだ。それに、働かされるようになって以来、こんなにも長く後ろを貫かれないのは初めてのことだった。発情して昂った身体で彼を受け入れたら、自分がどんなふうになるのか、想像がつかなかった。

久しぶりだから痛むのか、それとも――。

「ぁ……っ、は、んっ」

身体を重ねてきたハイダルが、前触れもなく乳首を口に含んで、アルエットはびくりと背をしならせた。濡れた感触に痺れが湧き起こり、疼痛めいた快感が胸から広がっていく。ハイダルは視線だけ上げてアルエットの顔を見つめ、一度口を離すと、今度は舌を伸ばして舐め上げてくる。

「っ、あ、……ぁ……っ」

「やはり、とても敏感だな。媚薬を使われたときも尖らせていたから、感じやすいのだろうと思っていた」

ちゅる、とすすり上げ、ハイダルはどこか嬉しげだった。

「前回の発情では楽にしてやることもできなかったからな。今日はたっぷり、気持ちよくしてやれる」

「ん、でも……っふ、それじゃハイダル様が、……あっ、ぅ、んっ」

舌で舐め転がされながら、もう一方の乳首をくりくりと指でいじられて、尻が勝手に浮いてしまう。揺れる性器がハイダルの太腿にぶつかって、はぁう、と泣くような声が出た。

「や……、い、いっちゃ、うっ」

「好きなだけ達《い》けばいい。俺もこうして可愛がっていると気分がいい。おまえが気持ちいいのが快感なんだ。達《い》ってくれればもっと嬉しいから、遠慮することはない」

ハイダルは顔を上げると、両手でアルエットの胸をつまんだ。そうしながら、上から腰を押しつけてくる。アルエットをまたぐ格好でそうされると、性器同士がぶつかって、弾けるような衝撃が走った。

「——っは、……ぁ、あ……っ」

ぴゅっと白濁が噴き出して、アルエットは敷布に爪を立てた。意思と関係なく、自分から腰をすりつけるように動いてしまい、二度、三度と精を放つ。最後にとろりと雫が溢れ、震えながら脱力した。

「は、……っ、ふ、……っ」

「可愛らしいな。達するときは耳の羽が広がるのは、今まで気づかなかった」

ゆるゆると胸から脇腹へ手を這わせ、ハイダルが目を細める。

「目も潤んで、気持ちよさそうな顔だ。——よかった」

わずかに掠れた声は本当に安堵の響きで、きゅんとアルエットの胸を締めつけた。ハイダルは、アルエットが快感を覚えているかどうかを、こんなに気にかけてくれるのだ。

嬉しい、と思うと、尻の奥から濡れてくるような錯覚がした。達したばかりの性器がぴくりと動き、膝が左右にひらいていく。ハイダルの脚を押す動きに、彼は股間に目を落として笑った。

「まだ達《い》きたそうだな。こんなに震えて」

指が幹に絡みつく。にゅる、としごかれて喘ぎかけ、アルエットは首を振った。

「う……うしろ、を――ハイダル様も、一緒に」

入れてほしい、とはせがめなかったが、膝を曲げてハイダルの脚のあいだから抜き、大きくひらいた。

「すぐほぐすので……一緒に、気持ちよくなってください」

「誘ってくれるのは嬉しいが、ほぐすのはいけない」

足首から脛を撫で上げ、ハイダルは諭《さと》すように微笑んだ。

「アルエットの大切な場所は誰にも触らせないと決めたから、これからはほぐすのも毎回俺の役目だ」

「そ、それじゃハイダル様にしていただくばっかり、……っぁ、」

「いいんだ。アルエットに奉仕してもらうのも天にも昇るような心地だろうが、せめて今日は俺にさせてくれ」

膝から太腿の裏へとすべったハイダルの手のひらは、尻との境目まで撫で上げると、股間に親指をひっかけるようにしてとめた。

そのまま、窄まりから小さな嚢《ふくろ》を揉むように触れてくる。ふに、と押されると身体の内側からにぶい快感が生まれ、はあ、とため息が出た。

薄絹で肌を撫でられるように震えが走る。無意識のうちに入っていた力が抜けるのを待って、ハイダルは香油を指にまとわせ、孔に触れた。

「——っふ、ぁっ」

ゆっくりと沈んでくる指の感触に、身体の芯から熱が上がるようだ。やわらかい粘膜を侵され、くつろげられている生々しい感覚はたしかにあるのに、もっと強い、抗いがたい快感が、腹の中で膨れていく。

「やわらかいな。発情期だからか、もうすっかりほぐれている」

根元まで埋めた中指を、ハイダルがそっと揺らす。円を描くようにいじられて、アルエットは身体をくねらせた。

「ぁ……っ、あ、……っ、ぁ…っ」

否応なく射精感がこみあげる、あの場所を押されたわけじゃない。にもかかわらずだるいような感覚があり、絶頂の予感が高まっていく。

「っあ、い、……いく、いっちゃ、うから、……ぁ、……ッ」

指を抜いてハイダル自身で貫いてほしい、と頼む前に、限界はあっというまに訪れた。つま先までぴんと強張って尾羽を震わせ、意識が拡散するような、圧倒的な快感を味わう。

小刻みに震えるアルエットを凝視し、ハイダルが感嘆の声を漏らした。

「素晴らしいな。子種を噴かずに、後ろだけで極められるのか」

「え……？」

弱い耳鳴りに襲われながら見下ろせば、たしかに性器は萎えたまま、放った様子もなかった。そんな、とアルエットは動揺した。たしかに、達してしまう感覚だったのに。

「おかしなことではない。アルエットがそれだけ、俺に触れられるのを喜んでいるということだ。——こんなにやわらかいなら、もう傷つけることはなさそうだ」

陶然《とうぜん》とした表情で、ハイダルはかるく内側を揉んでくる。あぅ、と鳴いてしまうと丁寧に抜かれ、かわりに猛ったものがあてがわれた。みっちりと張りつめ、筋が浮いたハイダルの雄蕊《ゆうずい》のかたちに、ぞくん、と肌が粟立つ。

大きいとは知っていたけれど、こんなに——反り返るほど硬く、長かっただろうか。先端で孔をふさがれると、それだけで圧迫感が肉を刺激する。ぬるりと挿入されれば、太さと硬さにふちがぴりぴりした。

痛み寸前の感覚は、それでもたしかに快感だ。体内に沈んでくるほど質量があざやかに感じられ、アルエットはうわごとのように声を漏らした。

「ぁ、……おおき、ぃの……っ、こわ、……い、」

「怖い？　痛むか？」

「んんっ……い、……いっちゃ、……ぁ、……ッ」

わずかにハイダルが動いただけで、ぶるぶると太腿が震えた。そのままきゅっと身体をしならせ、気が遠くなった。

熱とも痺れともつかない感覚が腹いっぱいに広がっていく。達《い》ったな、とハイダルが囁いた。

「後ろだけで極めるのはおかしなことではないと言っただろう？　我慢はするな」

「でも……っぁ、こんなの、はじめて、……っ、ぁ、ア、……ぁッ」

ぐっと奥まで進まれて、またあの感覚が訪れた。おなかが痺れて意識が遠のく。今度はひくひくと下腹が痙攣し、ハイダルが吐息を漏らした。

「今日は一段と中がうねるな。吸い込まれそうだ」

「——ッ、ぁっ、待っ……ぁっ、おく、まだ、あ……ッ、ぁッ」

だいぶ奥まで挿入されたはずが、太くて重たいハイダルの分身が、さらに沈んでくる。ぐにゅりと内臓がひしゃげる感覚がして、性器からは数滴、白濁がしたたった。

「射精もしてくれるのか。放つというより零すみたいだが、これも嬉しいものだな」

見下ろしながら、ハイダルはゆっくりと腰を使った。ぐう、と奥を持ち上げるように突かれて、目の中にちかちかと光が舞う。びくん、と震えると蕩けた内襞がハイダルの分身を締めつけるのが、自分でもわかった。

「ぁ……っ、ア、……ぁ、ッは、ぁ、……ん、ぁッ」

「ここが好きか。普通はここが行きどまりだが……口が開いているな」

数度突き上げたハイダルは、うっとりしたようにアルエットの臍《へそ》から下を撫でた。

「少し強くすれば入ってしまいそうだが、おまえの一番奥まで、愛してもかまわないか？」

「お……、く？」

「もっとおまえがほしい」

ぼうっとしたまま、アルエットはハイダルを見上げた。幾度も達したせいでまともに考えられない。アルエットの中は苦しいほどハイダルでいっぱいだけれど、ほしい、と言われるのは嬉しかった。

こくん、と頷くと、ハイダルは嬉しそうにアルエットの手を取り、指に口づけてくれた。

そのまま左脚を高く上げさせ、ねじるようにして——打ち込む。

「——ッ、ぁ、ぁ、あ……ッ」

膜が破られる錯覚がした。背骨も腰骨も軋む。にもかかわらず、狭すぎるそこを再びハイダルが抜け、もう一度打ち込まれると、かっと身体中が燃えた。

「——ッ」

悶えるように震えるアルエットの性器から、勢いよく液体が飛び散った。透明なそれはハイダルの動きにあわせ、ぴしゅ、ぴしゅ、と溢れる。射精がいつまでも終わらないような感覚。

「や……ぁ、あっ、と、とまらな、……ぁ、あッ」

「潮《しお》だな。こうして貫かれるのも、気に入ってくれたか」

ハイダルは動くのをやめなかった。ゆっくりと、だが休まずに己を根元まで打ち込み、やわらかい、と掠れた声で囁く。

「出し入れするほど絡むのに、狭門《せばと》の奥がやわらかい。その表情なら痛みはなさそうだが……気持ちいいか？」

腹も胸もひくつかせながら、アルエットは焦点の定まらない目でハイダルを見上げた。こんなに達しているのに、まだ彼は案じているのだ。自分の快楽よりも、アルエットが苦痛ではないかを、こんなにも気にしてくれる。

「きもち、……、いです……っ」

アルエットは両手を差し伸べた。応えるように下がってきたハイダルの首筋に、すがるように手を回す。

「いっぱ、い、きもち……、からっ……、ハイダルさまも、……っ」

できるものなら脚もからめたかったけれど、力が少しも入らない。ほろりと涙がこぼれて、アルエットはハイダルを見つめた。

「なか、で……」

彼にも、ちゃんと気持ちよくなってほしい。呂律《ろれつ》のまわらない口ではまともな言葉も発せなかったけれど、ハイダルはそうっと目尻を拭うと微笑んだ。

「やはりアルエットの涙は美しいな。――少し激しくする」

言うなり、ぐっと腰を掴み直される。勢いをつけて穿たれたかと思うと、胃まで貫かれたように痺れが襲った。

「ッぁ、ん、……は、ぁッ、……っぁ、ん、ぁ、あ……っ」

はやくて強い。抜き差しはかき混ぜられるというより刻み込むかのようで、壊れそう、とかすんだ意識で思う。尻の骨が抜けて、全身くたくたとほどけてしまいそう。

でも、それでもよかった。

激しいくらいの攻め方も、愛されているからだとわかっている。見下ろしてくるハイダルの瞳は熱を帯びていて、あの目に自分が映っているのだ、と思うだけでも幸せだった。

愛しあって身体をつなげるのは、こんなにも幸福なことなのだ。

「ぁ……っ、ハイダル、さま……ぁっ、あッ、あ……っ」

「アルエット」

うわごとのように呼べば、ハイダルも呼び返してくれる。

ずくずくと奥ばかりを狙われ、全身をゆだねるとあっというまに快感が限界を超えた。頭の芯が痺れる絶頂に見舞われて、自分の身体が不規則に跳ねるのを遠く感じる。そこから数秒遅れて、ひときわ強く穿ってきたハイダルの分身が、最奥で膨れ上がったような気がした。

手足の感覚も曖昧なくらいだから、たぶん気のせいだったのだろう。けれど放出された滲む

ような感触だけは、間違えようがなかった。

（……よかった……）

最後までつながれた、とほっとして目を閉じる。ハイダルは分身を納めたまま、アルエットを抱きしめてきた。

乱れた息づかいが唇にかかる。無言で、しかし労わるように口づけられて、アルエットは無意識のうちに微笑した。


オルニス国王宮の大広間は、大勢の客で埋まっていた。砂ずれのようなざわめきは控えの間まで聞こえていたけれど、オームに見送られ、ハイダルに手を取られて歩み出たアルエットは、予想よりも多い人の数に一瞬足が竦んだ。

向けられたいくつもの視線が刺さるようだ。おお、とか、あれが、というどよめきがあちこちで起こり、羽耳がぺしょんとしおれかけると、ハイダルが手を握りしめてくれた。大丈夫、と言うように頷かれ、深呼吸をひとつする。

今日は、王と婚姻した妃として、皆にお披露目される宴なのだ。

オルニス国のしきたりにのっとって、アルエットはぴったりと身体に添う服を着ていた。輝くほど真っ白な布に金の刺繍をほどこしてあり、腰までは肌に吸いつくように作られ、後ろの裾だけが引きずるほど長い。

首元にはあの首飾りをつけていた。ハイダルはもっとふさわしいものを贈ると言ってくれたけれど、アルエットはこれがいい、と頼んだのだ。豪華すぎては自分にはとても似合わない気がしたし、この首飾りはハイダルが毎日似合うと褒めてくれるから、ようやく慣れてきたところだった。

緊張はするが、この服装も、着せてくれたオームは何度も「似合う」とほめてくれた。「ハイダル様も喜びますよ」と太鼓判をおされたとおり、ハイダルは絶句して見つめたあと、美しい、と言って抱きしめてくれた。だから大勢に見られても、きっと大丈夫なはずだ。

アルエットが心配していた反対の声は、婚姻の儀式の前に消えていた。鳥人ならば子をなせる、というのが、多くの人を安心させたらしいと、オームが教えてくれた。

もちろん、今でも、大国の正妃が鳥人なんて、と思う人はいるかもしれなかった。

でも、アルエットは一人ではない。

玉座の隣、細やかな装飾をほどこした王妃の椅子まで導かれ、ハイダルと目をあわせると、緊張を押し退《の》けて、じんわりと幸せな気分が込み上げてくる。彼とこうして並んでいられるのが、なにより誇らしいし嬉しかった。

わずかな笑みをかわしあって前を向く。と、並んだ人々が恭しく頭《こうべ》を垂れた。ひとりが前に進み出て、僭越《せんえつ》ながら、と声を上げた。

「国王陛下と王妃様に、ご婚礼お慶《よろこ》び申し上げる」

聞き覚えのある声と姿だ。よく見れば正装したガダンファルで、顔を上げた彼は楽しげな表情だった。そのすぐ隣にはジャダーロもいて、堂々と胸を張っている。

「王のおとうとであるおれからも、きさきにおいわいもうしあげる！」

幼いながらも立派な口調に、人々の眼差しも微笑ましげにゆるんだ。アルエットはハイダルに視線で促され、おずおずと口をひらいた。

「お二人とも、ありがとうございます」

祝福を受けたら礼を言うように、と教えてもらっていた。礼だけでもかまわないと言われたけれど、ふと思いついてつけ加えた。

「旧オルニス国領に行ける日も、楽しみにしています」

聞いたガダンファルが、嬉しそうに破顔《はがん》する。

「街を挙げてお待ち申し上げております」

「ジャダーロ様も、一緒に行ってくれますか？」

「もちろんだ！　ユーエもつれて、みんなでいこう」

ジャダーロは元気よく握ったこぶしを上下させる。ガダンファルが微笑して、率先して深くおじぎをしてみせる。ジャダーロもそれにならっておじぎをしてくれた。

二人が下がると、その先は次々と、並んだ客たちが進み出ては祝福の言葉を述べた。
近隣の国からの客もいれば、国内の貴族たちもいる。王宮で政《まつりごと》に従事する重臣たちも後ろに控えていて、ひととおり賓客の祝辞がすむと、どこからともなく淡い色の服をまとったフウル族たちが出てきて、アルエットとハイダルの前方に並んだ。
一団の中には、ユーエもまざっている。皆、喜びに溢れる表情をしていた。
——清き日に鳥はうたう
芽吹き生まれよ、愛おしきものたち
永遠に守ろう
この腕に包んで
水と緑を捧げよう
敬虔な響きを帯びた歌声は高い天井に当たって響き渡る。
この歌なんだ、とアルエットは目頭《めがしら》を押さえた。
フウル族が結婚のときに、みんなで夫婦に贈る曲だ。フウル族を呼んでうたってもらうというのは聞かされていたけれど、てっきりオルニスの歌だとばかり思っていた。
涙が滲みそうになるのをまばたいてこらえ、ハイダルを見つめる。
「ありがとうございます、ハイダル様。この歌を選んでくださるなんて、びっくりしました」
「当然だ。アルエットが妃なのだから」

微笑むと、客がいるにもかかわらず、彼はすっと立ち上がった。大広間中がざわめいたが、気にすることなくアルエットの椅子に歩み寄る。

すぐそばに立たれてふり仰ぐように見上げれば、ハイダルは身をかがめた。

高い位置にある小窓から光が差し込んでハイダルを照らしていて、端整な顔の中、瞳が強く輝く。表情は穏やかで、唇が優しく言葉を紡《つむ》ぐ。

「神にはすでに誓ったが、人々にも誓おう。――共に生きる伴侶は、アルエットだけだ」

誓いのキスを贈ってくれるつもりなのだ。それも、居並ぶ者たちに見えるように。

(――嬉しい)

初めてされたときから、口づけはアルエットにとって大切で、思い入れのある行為だ。唇を重ねることだけは、ハイダルとしかしていない、特別なものだから。

(ハイダル様。僕も、ハイダル様だけです。ずっとおそばにいさせてください)

顎に指が添えられるのを感じて、アルエットは降ってくる唇を受けとめるため、そっと目を閉じた。

あとがき

こんにちは、または初めまして。葵居《あおい》ゆゆと申します。このたびは『覇王の愛する歌い鳥』をお手に取っていただきありがとうございます！

私のほかの作品をお読みになったことがある方はご存じかもしれないのですが、砂漠を舞台にした物語がすごく好きで、今回も砂漠周辺にある国のお話になりました。といっても今回は砂漠そのものは出てこないのですが、覇王であるハイダルの故郷にある、塩田の風景などは楽しく空想しながら設定を作ることができました。

もうひとつ、今回の大きなお気に入りポイントは、なんといっても受のアルエットの「鳥人」という設定です。鳥人は外見のバリエーションがたくさんあると思うのですが、今回は羽耳&尾羽を選んでみました。ファンタジー好きとして、羽耳は一度は書きたかったのでとても嬉しいです。気分にあわせて動く羽耳や尾羽、可愛くないですか……？　イラストを担当してくださった羽純《はすみ》ハナ先生が素敵にデザインしてくださったので、皆様にも私の萌えポイントがきっと伝わっていると思います。

物語は、「望まない復讐を強いられた受が王様を殺そうとするところからはじまるお話」というざっくりしたアイディアだけがずっと前からあって、今回鳥人という設定を付加して作っていきましたが、楽しんでいただけましたでしょうか。風景も含め、異国情緒とファンタジーならではのはらはら感、ロマンチックな恋をお届けできますようにと思いながら書いたのですが、ひとつ、プロット時にはあまり予想していなかったことがありまして。

ハイダル様、最初はあんな、「泣き顔フェチ」ではなかったんです……。なんだか急に「泣いてみてくれ」とか言い出したので、大丈夫かなこんな攻でと不安になったのですが、どうしても好きみたいで変更できませんでした。これから先もベッドでは泣かされてしまいそうなアルエットですが、幸せな方向の涙だし、アルエット本人はいやそうじゃないのでよかったです。皆様に幻滅されていませんように！

個人的には書き進めるごとにどのキャラもいとおしく、アルエットとハイダルのあいだに生まれる子供はどんな子なのかなとか、ジャダーロとユーエはどうなるのかなとか、オームが恋をするとしたらどんな相手かななど、今回は描かなかった部分を考えるのも楽しかったです。ハイダルは普通によき父親になりそうだし、アルエットはけっこう、強くなるような気がします。

ジャダーロはやっぱり、ユーエのことを好きになりそうです。ハイダルはユーエの扱いのことも反省していると思うのですが、いずれジャダーロに恨まれてしばらく口を聞いてもらえない日が来ると思います。

そんな感じで楽しく書くことのできた本作のイラストは、羽耳の話題でもうお名前を出してしまいましたが、羽純ハナ先生にお願いすることができました！　以前一緒にお仕事をさせていただく機会があって、またご一緒できたら嬉しいと思っていたので、とても幸せです。羽耳をはじめとする鳥人のデザインもですが、ハイダルは素晴らしくかっこよく、ジャダーロやユーエ、オームは可愛くイラストに起こしていただけて、ラフから仕上がりまで、拝見するたびにうっとりしていました。羽純先生、本当にありがとうございました！

この場を借りて、関係各所にもお礼申し上げます。最近執筆に時間がかかりすぎるせいでご迷惑をおかけした担当さま、校正者さま、制作印刷、営業、流通の方々、全員にお世話になりました。

そしてなにより、お手に取って読んでくださった皆様にも、改めてお礼申し上げます。ありがとうございました。少しでも楽しい読書タイムがお届けできているよう願っております。

もしよろしければ、ご感想をお聞かせいただけたら嬉しいです。ブログではおまけSSを公開しようと思っておりますので、そちらもチェックしてみてくださいね。

またぜひ、ほかの作品でもお目にかかれれば幸いです。

二〇二三年十月　葵居ゆゆ

末永くお幸せに！
Hasumi Hana

初出一覧

霸王の愛する歌い鳥…………………………… 書き下ろし
あとがき………………………………………… 書き下ろし

ダリア文庫をお買い上げいただきましてありがとうございます。
この本を読んでのご意見・ご感想・ファンレターをお待ちしております。

〒170-0013 東京都豊島区東池袋3-22-17　東池袋セントラルプレイス5F
(株)フロンティアワークス　ダリア編集部
感想係、または「葵居ゆゆ先生」「羽純ハナ先生」係

この本のアンケートはコチラ!

http://www.fwinc.jp/daria/enq/
※アクセスの際にはパケット通信料が発生致します。

霸王の愛する歌い鳥

2023年10月20日　第一刷発行

著　者
葵居ゆゆ

発行者
辻 政英

発行所
株式会社フロンティアワークス
〒170-0013 東京都豊島区東池袋3-22-17
東池袋セントラルプレイス5F
営業　TEL 03-5957-1030
http://www.fwinc.jp/daria/

印刷所
中央精版印刷株式会社